歌人・芦田高子（1907～1979）

雑草《あらくさ》といえど……

——灼熱の歌人・芦田高子——

目次

プロローグ

冬の嵐が去った後も砂丘は雪に覆われていた。白樺と合歓の林の先には鉛色した北陸の海が広がり、低く垂れこめた雲の隙間から漏れた陽の光が、雪をまとって佇む歌碑を照らしていた。

歌碑は真新しく、表面には短歌の連作という手法で一つの歴史を記録した歌人・芦田高子の歌三首が刻まれていた。

鉄かぶとにむしゃぶる漁夫おかかたち
　　村思う心唯に一途に

母のまろ乳唇にふくみて何知らぬ
　　嬰児も坐せり母の意のままに

日本の体内へつたへ独立と
　　平和の高き鼓動内灘

歌碑のすぐ横には、一日に最高一千発もの砲弾の試射を監視した「着弾地観測所」のコンクリートの塊のような建物があった。七十年前、米軍基地反対闘争の先陣を切った「内灘闘争」の痕跡であり、歌碑に刻まれた歌三首には、この一帯に座り込んだ人々の悲痛な叫びが籠められていた。

歌碑は芦田高子を母と呼ぶ星野尚美の執念が実って建立された。が、この闘いの現場に建立するまでには構想から二十五年、作業に入って十年の歳月を要した。

「内灘闘争」があった村――石川県河北郡内灘村（現河北郡内灘町）は、日本海に面した砂丘と砂丘でせき止められてできた河北潟の成す風光明媚な漁村で、男は出稼ぎ漁業で収入を計り、留守宅を守る女性〝おかか〟が魚の行商などをして平穏に暮らしていた。

この村が、昭和二十五年（一九五〇）に勃発する朝鮮戦争によって様相を一変させる。日本政府が、村に広がる砂丘を米軍の試射場にすることを、閣議決定という形で勝手に決めたからである。日本はまだ連合軍の統治下にあり、国内の米軍基地は八百ヵ所を超えていた。その閣議決定から三年後、延長約九キロ、幅約一キロという広大な砂丘の大部分を使って、朝鮮戦争に投入する砲弾の精度を試す米軍の試射が強行された。連合軍総司令官マッカーサー元帥が全権を握り、吉田茂が第四次吉田内閣を成立させた直後であった。

これに対して留守宅を守る〝おかか〟を中心とする村人たちが反対運動に立ち上がり、それを労働団体、学生、知識人らが支援し〝真夏の闘い〟が繰り広げられた。

星野はまだ幼く、目の前で炸裂する砲弾の恐怖も、人々の怒号の意味も解らなかった頃であった。

星野が母と呼ぶ人――歌人・芦田高子もまた、内灘村の〝おかか〟と共に戦後史上初めて米軍基地返還を導いた「内灘闘争」で戦いの炎を燃やした。初刊の歌集『流檜』によって〝昭和の与謝野晶子〟と評され、歌人としての名が高まり始めた頃であった。

彼女を駆り立てたのは、民衆を侮って押しつぶそうとする権力に対する怒りであり、同時に自らが背負っている腹立たしい境遇に対する反発であった。

恋愛、結婚、夫の裏切り、女性として、歌人として、社会変革者として壮絶な戦いの生きざまを刻んでいく芦田高子。

七十一歳で逝った母の年齢を超えた星野尚美は、闘争の舞台となった内灘・権現森の砂丘に建立した歌碑の前で、踏まれても、折られても立ち上がった高子が、死の間際に詠んだ歌の心を問い直していた。

まぶしかる夏野のみどり照る昼の
雑草《あらくさ》といえど花はおごれり

躓き

芦田高子は明治四十年（一九〇七）十月一日、岡山県北部、那岐連峰の麓――勝田郡新野村西下（現津山市西下）で、小作農芦田喜之輔、多けの二女として生まれる。

大正二年（一九一三）、新野尋常小学校に入学、高等科に進み、大正十一年（一九二二）に卒業。この年に設立された岡山県立勝間田高等女学校の二年に編入し、大正十四年（一九二五）三月に卒業。この時代に田舎から高等女学校へ進むのも稀であったが、高子は更に上級学校を目指した。女性としては村では初めてのことであった。

明治維新を成し遂げ、日清・日露戦争に突入する

父・喜之輔と母・多け（芦田家蔵）

新野尋常小学校を卒業、高等科へ(大正８年　芦田家蔵)

岡山県立勝間田高等女学校の寮時代(大正11年　芦田家蔵)

明治が男の活躍する時代とするならば、大正はやっと女性が活躍できるようになった時代でもある。女教師、女医、婦人記者など男の職場の領域に女性も進出を始めていた。明治末期に出現する平塚らいてう、与謝野晶子、伊藤野枝らによる婦人月刊誌「青鞜」の発刊、岡山出身の景山英子の女性解放運動など、女性の意識改革による影響であった。

また明治期に良妻賢母の養成を目的として開設された高等女学校も、女性の社会進出の要請を受け、女子教育の質の向上を図るようになっていく。

そんな時代の中で高子はひたすら文学に憧れた。十八歳で親の反対を押し切って大阪に飛び出した。

小作農の実家からの仕送りを期待するのは難しく、子守や物売りをして学資を貯め、昭和二年（一九二七）、憧れの「梅花女子専門学校（現梅花女子大学）」国文科に入学する。入学後は特待生待遇を受け、住み込みの家庭教師をしながら学校へ通う。この苦学生の時代に日本文学に関する基礎知識をどん欲に吸収した。

昭和五年（一九三〇）卒業。雑誌社『婦女世界』編集部に入社し、文章を書くことに喜びを感じるようになる。二十三歳になっていた。

翌昭和六年（一九三一）、医学専門学校に通う石川県出身の苦学生で、二歳年下の門野実と恋愛、結婚。医師を目指す夫に学資を工面するなどいじらしいほど尽くす。

しかし幸せな結婚生活は、六年目にして遥か遠くで発生した盧溝橋事件によって躓き始める。

昭和十二年（一九三七）七月、第一次近衛文麿内閣は組閣直後に勃発した盧溝橋事件に対応するため「北支派兵声明」を発表し、三個師団を中国大陸へ派兵することを決める。

いわゆる「日華事変（支那事変）」の始まりで、宣戦布告のない日中戦争への突入であった。

石川県からはこの年三十九名の医師が応召しており、大阪で勤務医として働き始めた夫・門野も金沢を衛戍地とする第九師団の軍医として出征する。

高子が初めて夫の実家・石川県鹿島郡鳥屋町良川（現中能登町良川）を訪れたのは、この時、夫の出征の見送りの時であった。

鳥屋町良川は金沢から能登半島へ向けて列車で一時間十分余りの低い山に囲まれた田舎町で、他国者を受け入れない古い因習に満ちた雰囲気を持っていた。結婚六年を経て妊娠の兆候がなく、親族の白い眼が気になる初めての帰省であった。

新婚時代の高子（昭和6年　芦田家蔵）

夫の出征を見送った後大阪に帰った高子は、雑誌社での仕事に打ち込み、夫の実家への仕送りも続けた。その合間を縫って、出征兵士の妻としての心情を書き留めた小説を手掛け、また短歌に目覚め、歌誌「曼荼羅」の同人となり、「民族短歌」「やまと」などへの投稿も始める。

応召した夫・門野実は、第九師団の軍医として中国大陸へ渡り、南京攻略戦などの作戦に投入されていく。

南京攻略戦は、昭和十二年（一九三七）十二月十日、日本軍が中華民国国民政府の首都・南京に総攻撃をかけて始まった。

国民政府の蒋介石総統は日本軍が突入する直前に南京を脱出し、重慶に首都を移す。二週間余で南京が攻略できたことで、強気になった近衛内閣は、国民政府に対して和平工作を変更して、賠償や領土の割譲などを条件とした。

これに猛反発した蒋介石国民政府は徹底抗戦を宣言し戦線は拡大していった。

近衛内閣は、国民政府の中で親日反共的な考えを持つ中国国民党副総理の汪兆銘を擁立して日本の傀儡政権樹立を目指し、昭和十三年（一九三八）一月十六日「帝国政府は、爾後国民政府を対手とせず」という近衛声明を発表。南京攻略後の四月七日から江蘇省、安徽省などの攻略を目指す徐州会戦、武漢攻略戦（六月〜十一月）へと終わりの見えない戦争へ向かい、第九師団も転戦していった。

この泥沼化していく作戦を進めるために多大な兵員と物資が必要となり、近衛首相は国家総動員法を施行して総力戦体制を整える一方、東アジアに大規模な経済圏を作るとする「東亜新秩序建設」構想を打ち出して戦争終結を目指したものの成就せず、さらにソ連が進める共産主義インターナショナル・コミンテルンに対抗するために結んだ「日独伊防共協定」も、軍事同盟に発展させようとする軍部との間で閣内対立が起き、昭和十四年（一九三九）正月四日に総辞職する。

翌日の正月五日、枢密院議長で岡山出身の平沼騏一郎が組閣の大命を受け、第三十五代の総理に就任。平沼は政権交代の影響を考慮して、近衛内閣の閣僚体制をそのまま引き継ぎ、近衛が唱えた「東亜新秩序建設」も進めようと試みる。

その平沼内閣も、発足から半年もたたない五月十一日、旧満州国とモンゴル人民共和国との国境・ノモンハンで勃発する軍事衝突で躓く。

いわゆる「ノモンハン事件」で、モンゴル人民共和国がソヴィエト連邦と相互援助協定を結んでいたところから、望まないソ連軍との交戦状態に拡大していく。

その最中の昭和十四年（一九三九）七月十四日、戦場の夫・門野の無事を案ずる高子の元に内閣情報部から「ペン部隊」として中国安徽省蕪湖への派遣要請が届く。雑誌編集者であり、短編小説を発表してきたことが認められたのであろう。「現地でひょっとしたら夫に会えるかもしれない」淡い期待が一瞬高子の脳裏に走った。

出発は七月十七日。要請から出発までわずか三日という慌ただしさであった。

「ペン部隊」は一年前の六月に始まった武漢作戦の成果を宣伝するため、内閣情報部の要請によって二十二名の文学者が派遣され、多くのリポートが発表されていた。

この内女流では林芙美子の『戦線』（朝日新聞社　一九三八年）『北岸部隊』（婦人公論一九三九年）の前線ルポが評判を呼び、武漢作戦以後も林は、内閣情報部や新聞社、雑誌社の依頼で南京、仏印（現在のベトナム、ラオス、カンボジア）蘭印（現在のインドネシア）、満州国境などに渡り、多くの前線ルポを発表し、報国文学者としてもてはやされていた。

高子が派遣されたのは前線ルポではなく、徐州会戦によって占領した安徽省蕪湖での宣撫。蕪湖の中国人に、日本政府の方針を伝えて不安を取り除くと同時に、日本国民ともペンで繋ぐ役割であった。

高子が蕪湖で取材中、世界は激動した。

五月に勃発したノモンハン事件は、八月二十日に始まったソ連軍の総攻撃によって戦闘が激しさを増す中で、日本と「防共協定」を結んでいたドイツが、日本の対戦国のソ連と「独ソ不可侵条約」を締結。ソ連軍は日本戦に集中できるようになり、八月二十八日、日本軍は大敗を喫してしまう。

「ペン部隊」として派遣された頃の高子
(昭和14年　芦田家蔵)

平沼は責任を取り「欧州の天地は複雑怪奇」という言葉を残して八月三十日に辞職。わずか八ヵ月の短命内閣であった。

同日、予備役の阿部信行陸軍大将が三十六代首相に就任するが、その翌々日の九月一日、ナチス・ドイツがポーランドに侵攻。これに対してポーランドの同盟国のイギリス、フランスが九月三日、ドイツに宣戦布告し第二次世界大戦が始まる。

阿部内閣は、当初世界大戦には不介入の方針を打ち出し日中戦争の終結を模索したが、時はそれを許さなかった。

高子が蕪湖から帰国する直前の九月二十八日に、親しくしていた大阪の柳原書店から高子の作品を集めた『出征：小説集他五編』が発刊された。前年の六月二十日に校了した『出征』の他、それまでに発表した『北風』『病院採照』『秋の女』『梧桐の影』『途上』の五編が納められている。

高子はこの単行本のあとがきを「著者の言葉」として蕪湖の宿舎で次のように書いていた。「量から言えば今迄書いてきた私の作中、僅かに六分の一に過ぎない。私はこの集の中に色々な人生の姿をゑがいた。そして複雑な時代を生きる女性の様々な悩み、悲しみもゑがいた。それでもどんなにたわめられ曲げられても、まっすぐに、明るいものを目ざして正しく立ち直り、歩み直そうとする純情な女の心の一端をもかいたつもりである」と述べ、自立した女性の理想像を表している。

またペン部隊について「〝宣撫の使命〟を帯びて七月十八日に長崎を出帆、二十一日に蕪湖に到着。全霊を尽くして仕事に取り掛かる」と決意を示していた。

しかし高子がペン部隊に指名されたのはこの一回限りであった。

高子は、林芙美子のような報国文学者にはなれなかったのであろう。

高子が蕪湖から帰国してインクの匂いのする『出征』を手にした数日後、夫の門野が中国戦線から二年間の軍務を終え無事帰還する。目の前で死んでいく多くの兵に接してきた門野は疲弊しており、癒しを求めた。

高子は勤務時間が不規則な雑誌社を辞めて、神戸のパルモーア英学院の国語教師に転職する。夫と過ごす時間を多くとり、空白を埋めたいと願ったからであった。

ところが門野は高子の出版を祝うどころか文章を書くことに対して不快感を示し始めた。特に『出征』の中で、舅や姑、その他親族などが、夫の出征を見送ろうとする妻に対して「能登の女は見送りに行ってはならぬ」と許可しなかったことへの不満を書いていること、「戦地にいる夫の俸給も彼らに取り上げられた」など古い能登の因習を批判していることにも不快感を表したが、この時は決定的な夫婦対立にはならなかった。

平沼内閣の総辞職を受けて誕生した阿部信行内閣も日中戦争の解決を企図し失敗。三十七代の総理には、海軍予備役の米内光政海軍大将が就任し、戦争不拡大に務めたものの陸軍の反発を受け百八十九日で退陣。日本の運命の歯車が一気に回り始める。

米内内閣退陣を受け、昭和十五年（一九四〇）七月、再び近衛文麿が第二次近衛内閣を組閣し、全体主義で挙国一致を目指して「新体制運動」を進め、就任から二ヵ月後の九月二十七日には「日独伊三国軍事同盟」を締結する。ところがこの軍事同盟などが原因で、アメリカとの関係が悪化。関係修復を図ろうと対米強硬派の松岡洋右外務大臣を排除するための内閣改造を実施し、第三次近衛内閣を発足させる。しかしアメリカとの「日米通商航海条約」の改定はできず、イギリス、オランダなどとの関係も悪化し、昭和十六年（一九四一）十月に総辞職する。

これを受けて対米戦争を主張していた東條英機内閣が誕生。就任から二ヵ月後の十二月八日、真珠湾攻撃で大東亜戦争に突入することになる。

戦争が拡大し、兵力増強が叫ばれる中で夫の門野は再び召集され、第九師団が駐留する満州へ向け出征する。

高子にとって、夫の身の心配を紛らわす最良の道は活字の世界への復帰であった。教職を退き、三省堂大阪支店の出版企画課へ再就職、再び活字の世界に戻る。

南方へ進出した日本軍は、昭和十七年（一九四二）早々マニラを占領、シンガポールのイギリス軍を降伏に追い込み、三月にはビルマ（ミャンマー）の首都ラングーンを占領、さらにフィリピンのコレヒドール島からアメリカ軍を追放するなど、開戦直後は破竹の勢いで進軍した。

大本営の相次ぐ大勝利の発表に国民は歓喜し、挙国一致政策を支持していく。

文学界でも同年五月には「国家の要請するところに従って、国策の周知徹底、宣伝、普及に挺身し、以て国策の施行実践に協力する」ことを目的とした「日本文学報国会」が設立されるなど戦時体制へ向かって一気に突き進んだ。

その一方で、国内では物資統制令が公布され、塩、みそ、しょうゆが配給制になったほか、言論、出版、集会などが制限され、取り締まりが強まり、高子の目指す自由、女性の権利は遠ざかっていく。

昭和十八年（一九四三）、二度目の出征をした門野実が満州から帰還。高子は夫と共に、夫の実家のある石川県鹿島郡鳥屋町良川（現中能登町良川）に移住する。

能登半島の付け根付近にある田舎町。高子三十六歳の秋であった。

移住した石川県鹿島郡鳥屋町（現中能登町）良川

自立

聳えたつ那岐山と裾野に広がる大地に育った高子にとって新しく住む町の山は低く、平野も狭く感じた。六年前、門野が最初の出征のため一緒に帰郷した時も感じた町の印象であった。人口は千人余り、能登地方の中心部七尾の町までは約十キロ。大都会大阪とはかけ離れていた。

町には病院がなかった。軍医として出征した門野実は、期待されて開業した。両親にとって自慢の息子であった。

能登地方は石川県の北部に位置し、古代には海運を通して大陸との交流で発展したものの、近世以降は急速に発展する南の加賀や金沢地方に対して経済的に立ち遅れていた。また女は男の隷属物という意識が長く残り、〝耐える女〟を美徳とする古い因習にも捉われていた。

夫より年上で、都会で職業を持っていた高子は、従順な能登の女とは異質に映った。しかも結婚後十二年たっても孫のない嫁に、両親は不満をぶつけるようになった。

高子は、家事のほか医院の事務、患者の対応など懸命に務めた。そんな中で高子にとって文章を書くことは、どんなに忙しくとも苦にならない作業であった。長編小説を書く余裕はなくなっていったが、置かれている境遇を文字にするだけで、女性故に被る理不尽さから逃れることができると思った。

戦況は益々悪化し、四十歳以上でも男という男は赤紙一枚で戦場に駆り出されていくようになる。夫の門野は二度も出征して一年もたたないうちに三度目の召集令状を受け、出征する。

門野の所属する第九師団は満州に駐留し治安維持にあたっていたが、戦況は次第に悪化していく。

連合国軍との決戦場が〝沖縄〟との大本営の予測に基づき、昭和十九年（一九四四）七月、沖縄への移動が命令された。ところが十一月には〝決戦場は台湾〟と予測が変更され、沖縄から台湾へ移動した。陸軍の中で最強の師団とされ、重要な決戦場を守ることが期待されていたからである。

しかし連合国軍は、台湾の台北に打撃を与えただけで沖縄に殺到した。

昭和二十年（一九四五）三月、慶良間諸島に上陸した連合国軍は四月一日には沖縄本島に上陸、民間人を含む日本人二十万人、連合国軍二万人の死者を出し、六月二十三日に組織的な戦闘は終結する。

一方本土では、三月の東京大空襲に始まる米軍の大型戦略爆撃機B―29による焼夷弾の嵐によって、北海道を除く、全国四十五都府県の都市が焼け野原となった。空襲を受けなかった県は石川県のみであった。

その石川県でも、能登半島のほぼ中央にある志賀町に停泊していた三隻の輸送船がアメリカ軍の潜水艦による魚雷攻撃を受け、三十人が犠牲になり、人々はいつ爆撃を受けるのかと戦々恐々としていた。

高子の住む田舎町にB―29爆撃機の襲来は一度もなく食糧事情も都会ほど逼迫してなかったものの、主のいない門野医院は休業状態が続いていた。

そして昭和二十年（一九四五）八月十五日。昭和天皇の玉音放送で敗戦を知ることになる。

台湾に派遣された第九師団は、抑留されることもなく、門野は昭和二十年（一九四五）十一月に復員、実家の鳥屋町に帰郷した。

門野医院は再開され、高子の忙しい日々も戻った。患者の受付から会計、税務処理などの事務、看護資格もないのに注射の仕方も覚えさせられた。目の回る忙しさであった。

門野は患者に対しては優しく評判は良かった。まさに外面の良い夫だった。

高子は短編小説を書く時間すらなくなり、短歌へ傾斜し、近くの同好の志を集めて昭和二十一年（一九四六）一月「良川短歌会」を結成。一方で地元新聞に「婦人解放の基礎」について投稿するなど寸暇を惜しんで突き進んだ。平塚らいてう、同郷の景山（福田）英子らが唱えた婦人解放運動の必要性を説き、女性の意識の高まりを促した。高子にとって、それは女性の置かれている立場への抵抗であり、不条理な封建的風土への反発であり、生きることを実感することであった。

しかしそれは癒しを求める夫との距離を増幅させた。

その年、昭和二十一年（一九四六）四月、日本で初めて女性が選挙権を行使する第二十二回の総選挙で、八十二名の女性が立候補し、三十九名の女性代議士が誕生する。この三十九名の内、高子と同郷の岡山県からは近藤鶴代、山崎道子（藤原道子）、竹内歌子の三人、石川県では金沢市出身の米山久（本名久子）が女性初の国会議員になった。

米山久以後、石川県から女性の国会議員が生まれるのは、二〇〇九年の第四十五回衆院選で当選する田中美絵子まで六十三年も待たねばならなかった。北陸地方の女性に対する意識が低かったことが指摘されるが、高子の目指す女性の権利拡大は、この選挙で一歩前進した。

翌昭和二十二年（一九四七）八月、高子は「新歌人社」を創設主宰し、歌誌「新歌人」

を発刊、幅を広げていった。四十歳になっていた。

夫の実は、能登の風土に背を向けようとする妻にいら立ちを感じていく。高子の書いた文章を見つけると破り捨て、暴言を浴びせるようになっていった。

主婦、事務員、看護婦と忙しく、高子は三十一文字の中に追いつめられる自分を閉じ込めようともがき始める。病院の仕事で数日に一回、鳥屋町から金沢市を列車で往復する二時間余が自分の時間の限界となっていった。その時の思いを綴った歌が後に発刊する最初の歌集『流檜』に収められている。

二三行書く間もあらず呼び立つる
　夫《つま》への怒り束ねておもふ

布団かむり夫の罵声に堪えてゐつ
　婦人解放の悲願持てれば

夫の意に反して突き進む高子。ついに破局が訪れる。短歌会の会員の中で、かつての自分のように貧しく仕事を探している女性を病院の事務員として採用したことが、妻の座を去ることに繋がっていった。

夫は二つ年上の妻に手を上げるようになり、若く従順な事務員に魅かれていった。そして彼女は妊娠した。

いささかの縁《えにし》をたぐりわれに縋る
女しりぞけ難し貧しくもあれば

夫の暴力は日に日に増していった。

愛などはなき故死ねと五度六度
かかる無慙を夫《つま》とも呼びき

寝室の二階の窓より飛べと云う
飛ばざれば突きて飛ばすとも云う

事務員のお腹がどんどん膨らんでいく。

九ヵ月のはじめとわれの計算し
　腹巻さへせぬ女をみつむ

そして彼女は男の子を出産する。

昭和二十三年（一九四八）は、唯一人心許せる母をさえ失う悲しみの重なる年になった。婚家に身の置きどころが無くなりつつあった高子にとって、母との別れは気の狂うほどの悲しみであった。

木の肌に触るるがごとく悲しめば
　母のみ足にまだある温《ぬく》み
子なきわれに専《もは》ら近かる父と母
　その母に今死に別れむとす
湯灌《ゆかん》して着物を着すと抱き起せし
　小さき肩よわが掌に入りて

昭和二十五年（一九五〇）、高子は遂に婚家を去ることになる。ひとつの人生に見切りをつけて金沢に移り住み、「門野」の姓から「芦田」に戻った。四十四歳になっていた。

昭和二十六年（一九五一）十一月、高子は初めての歌集『流檜』（新興出版社）を出版する。能登の婚家で味わった夫の暴力、古い因習、女の惨めさを叫んだ五百五十三首。「新歌人社」の創立から離婚するまでの四年間の作歌である。この歌集の「あとがき」の中で高子は「私の文学は庇護された文学ではない。妨害の連続の中に反撥し抵抗した文学である。性格異常者であった夫の文学嫌悪は言語に絶する程根強かった。インクも原稿用紙も机上のものは皆幾度となくひっくり返された。腕力も幾度となく揮われた。新歌人の会員達の歌稿と共に私の歌稿は度々しはくちゃにされ、インクでしみだらけにもされた。その憤怒と悲しみの凝集がこれらの歌である」と述べている。

両の耳に小指押し当て息をつめ
　夫《つま》の罵声に堪ゆとしゐたる

女にも一生を通し尽くすべき
　仕事あるべきを思ふ諍ひてなほ

歌集『流檜』で高子は、夫や舅姑、親戚縁者の従者のように扱われる嫁という「家庭的圧迫」、女を家庭の中に閉じ込めようとする因習の「社会的圧迫」に立ち向かう〝社会派歌人〟と評され一躍脚光を浴びるようになる。

その『流檜』出版の翌々年、昭和二十八年（一九五三）発刊の歌集『新撰六人集』（長谷川書房）で、高子は新たに一年間に作歌した中から九十首を選んで発表している。

この一年に詠んだ歌も、高子にとって試練に耐える歌であった。

石川県では初めての離婚訴訟を起し、その費用の捻出のため食費を削り、大切にしていた着物を売った。夫への怒り、憎しみ――。

明日売るときめし着物の身に合えば
　鏡にうつす前うしろ影

街に逢えば知人となりし一人にて
　古着屋のあるじの眸が笑みて過ぐ

殺《そ》ぎをりて斜《はす》にかざせば匂ひある
　刃のごとし白き牛蒡は

しかしその自分の怒り、憎しみよりもっと深刻な状況にある人たちに出会い、それらを胸の奥深くへ押し込む一年でもあった。

その一つは聾唖学校の子どもたちとの出会いであり、もう一つは丸木位里、俊夫妻が描く『原爆の図』との出会いであった。

唇幼きセリフの幾つみづからは
　言ひつつ聞かぬ劇熱演す

一本の指揮棒に心耳あつめつつ
　聾児は踊る音なき世界に

原爆の憤りもいまだ思はざる
　哀しみに裸形曝らしゆく群

水飲めば遂に足りたるわらべらか
　手足欠けつつ川に添ひ伏す

九十首を集めた『新撰六人集』のあとがきの中で、高子は「作品を読み直してその余りにも暗い事に気がついた。けれども考えてみると、この様な作品しか出来ない様な社会にしか私は生きてゐないのだから、それはそれで致し方ない事だし、この様な詩の感じ方と思考の方法とがむしろ当然な事なのであって、これを避けて私の短歌はない事をもやはり知った」と述べている。

折りしも朝鮮戦争に端を発した内灘闘争が始まる。理不尽な国のあり方を知り、高子は新たな憤りの炎を燃やすことになる。

「国も家も私にあっては私がなすべき最も大きな戦いのさなかにあるのである」とも述べて――。

心影

高子を母と呼ぶ星野尚美は、自分の生年を昭和二十五年（一九五〇）と主張する。この年高子は四十三歳。夫と別居し、金沢市内に移り住んだ年である。

歌人・高子については多くの弟子や知人が、その歌や人生について書き記しているが愛人や子どもについて触れた記事は見当たらない。

夫や姑らに虐げられた高子が、精神的な救いを求めたのは短歌だけだったのであろうか。

令和三年（二〇二一）十月三十日、連絡をとり合ってはいたが会うのは初めての星野の案内で、金沢市小立野の、星野がかつて高子と住んでいたという家を訪ねた。

小立野4丁目11の6番地

昔住んでいた金沢市小立野の借家

星野は「もう家はなくなっているかもしれない」と言いながら、「五十年ぶりでも道は覚えている」と、迷いながらも番地を探し当てた。小立野四―十一―六番地。そう大きくはない二階建ての家であった。確かに高子は自書の中で、金沢市内の住まいを最初は茨木町で次に玄蕃町、そして小立野四―十一―六番地に転居したと記している。

星野は家の道路に面した正面に立って「玄関が付け替えられている」と言い、裏に回って「あれ！廊下が無くなっている。ここまで廊下があった」と、つぶやいた。そこは庭風の空き地で花が植えられ、隅っこに小さな物置が置かれていた。もう一度正面に回って、「二階のこの部屋で母はいつも何か書いていた」と懐かしそうに指さした。

星野尚美が、ここで母と過ごしたであろうことを思い起こさせた。

昭和二十四年（一九四九）の作歌の中に高子のたぎるような女を思わす歌がある。

夫に暴力を振るわれ、歌弟子に子どもまで生まれた絶望の中の歌とは思えない。どこかの海が見える場所で過ごした、燃えるような短い日々があったのであろうか。

光らざる夜光虫をば光らすと
口銜《くちふく》みきみが思ひ一途に

頬《ほ》に触るる呼吸《いき》さへあまし夜を深く
　君がかひなの高さにも慣《な》る

別るるとるポケットの狭きなか
　右手《めて》と左手《ゆんて》と湿りあたたかし

〝昭和の与謝野晶子〟と評される灼熱の激しさを思わせる。そして昭和二十五年（一九五〇）、夫と離別して金沢市茨木町のアパートに移る。翌昭和二十六年（一九五一）高子は旧姓の芦田姓に戻っている。その頃また意味深い歌を残している。

貧しかる世に術さへもなきごとし
　母がはかなき染色のさま

濯《すす》ぎつつ色褪せざれど母と子が
　切なる願ひ流れに曝《さら》す

橋までといひて別れ得ずまた橋に
　復《かへ》り来れば水深く湛ふ

「物心つく頃になって母と暮らした」と話す星野の言葉が、妙に説得力を持ってくる。二十年近い結婚生活で妊娠したことのないとされている高子は、四十歳を過ぎて果たして出産できたのであろうか。

星野は、自分の出生や経歴について「それはどうでも良いでしょう」と明かそうとしない。

しかし彼から贈られた、オバマ大統領時代の筆頭政策顧問で、アメリカの国連大使でもあったサマンサ・パワー著の『集団人間破壊の時代』（ミネルヴァ書房　二〇一〇ピュリツァー賞受賞）の翻訳者は、星野尚美本人であり、そのプロフィールなどから、東京の大学を卒業後、商社に就職。アメリカ勤務の時退職してハーバード大学に学び、卒業後国際機関に勤務するなどの経歴を有していることが分かった。

その星野が、平成二十五年（二〇一三）に石川県河北郡内灘町役場を訪れ、「母・

星野氏が翻訳したピュリツァー賞受賞作　サマンサ・パワー著『集団人間破壊の時代』（ミネルヴァ書房）

芦田高子の歌碑建立」を申し出ている。

高子が地元の〝おかか〟と呼ばれる母親たちと共に闘った記録、歌集『内灘』の歌碑を闘争の拠点となった権現森に建立し、町に寄付したいという申し出である。

そして翌年の平成二十六年（二〇一四）には、「内灘米軍基地反対闘争六十周年」を記念して、自費で歌集『内灘』の復刻版を北国新聞社から出版していた。

星野の申し出を受けて、内灘町は歌碑の設置場所の検討に入った。ところが内灘闘争をシンボリックに伝えるために着弾地観測所の建物が残る権現森に建立したいとする星野に対して、町は管理面などから町の公園などが適地と主張し、話がなかなか前に進まなかった。

平成二十七年（二〇一五）、町教育委員会から星野に宛て、設置場所について協議したい旨の文書が届いた。文書は町教委の上出功生涯学習課長名で、八月五日付けであった。協議の内容は、①設置場所については町有地の中で選定すること②費用は申し入れ者の負担とすること、とあり同じ文書の中に、「射撃指揮所跡」及び「着弾地観測所跡」が平成二十七年五月二十八日付けで町指定文化財となったという「お知らせ」が添付されていた。

歌碑建立を巡っては、同じ年の十二月定例町議会で水口ひろ子町会議員が、内灘闘争の歴史的価値からも歌碑建立の申し出に対して町は協力すべきと質した。これに対して久下恭功教育長が「ありがたいこと。町有地内で協議します」と答弁して事態進展を約束した。

しかし協議は進まず、翌平成二十八年（二〇一六）一月、星野と、町の生涯学習課長から昇進した上出功教育部長と、歌碑の製作に当たる石材店社長が「着弾地観測所跡」のある権現森に同行して設置場所を検討したものの結論は出なかった。その後、その年の十二月定例議会で北川悦子町議、さらに二年後の平成三十年（二〇一八）十二月議会では、清水文雄町議が「芦田高子の歌碑の建立場所は、内灘闘争の現場にこそ意義がある」と主張したが、町当局は管理、観光、アクセスの各方面から町有地の目立つところ、例えば内灘闘争を記録する博物館〝風と砂の館〟の前の広場とか、〝井上靖の碑〟の横とかで検討したいと譲らず、申し出から十年近く経っても建設場所は決まらなかった。

星野はこう指摘する。「内灘闘争当時は、戦争に使われる砲弾によって生活が脅かされることへの〝おかか〟たちの怒りが爆発し、米軍及び住民を無視して試射場を提供した政府に対する闘争が繰り広げられた。ところが歳月を経て闘争の意識が風化し、権力と対立する〝闘争〟が保守的な一部の人たちによって、町の〝負の遺産〟のようにイメージ付けられ、行政がその意向を受けて内灘闘争のシンボルさえ消し去ろうとしているのではないか」と。

では「内灘闘争」とはどのような闘争であったのか、〝おかか〟たちと共に芦田高子はどのように闘ったのであろうか。

内灘闘争

発端は朝鮮戦争であった。

第二次世界大戦で南北に分断された朝鮮半島では、昭和二十三年（一九四八）に南半分は李承晩（イ・スンマン）大統領による大韓民国（韓国）、北半分は金日成（キム・イルソン）主席による朝鮮民主主義人民共和国（北朝鮮）が成立し、北緯三十八度線を挟んで両国軍が対峙した。

そして昭和二十五年（一九五〇）六月二十五日、国境付近の軍事衝突から北朝鮮軍が北緯三十八度線を突破し、宣戦布告もないまま韓国側になだれ込んだ。この朝鮮戦争の勃発で、アメリカは新たに西側十六ヵ国による連合国軍を組織し総司令官にマッカーサー元帥を指名。駐留軍が手薄になる日本には、治安維持を目的とする「警察予備隊」（自衛隊の前身）を発足させた。

戦況は、当初ソ連、中国の支援を受ける北朝鮮軍が優勢で、一ヵ月余りで朝鮮半島の東南部の釜山周辺まで連合国軍を追い詰めたが、補給路が伸び切った上、日本を基地とするアメリカ空軍の射程距離に入ったことで進軍は阻止された。

そして三ヵ月後の九月十五日、マッカーサー司令官の、補給路を断つ「仁川上陸作戦」によって連合国軍は劣勢を挽回。北朝鮮の首都平壌を陥落させ、中朝国境付近まで攻め込んだが、その後中国義勇軍が参入したことで押し戻され、北緯三十八度線付近で両軍の膠着状態が続き、昭和二十八年（一九五三）七月二十七日に休戦協定が結ばれるまで戦闘は続いた。

この朝鮮戦争の最中の昭和二十六年（一九五一）九月八日、日本と連合国四十八ヵ国との間で「サンフランシスコ講和条約」が結ばれ、アメリカとの間で「日米安全保障条約」が締結される。

翌昭和二十七年（一九五二）四月二十八日、両条約の発効によって日本は独立する。同時に連合国による日本占領政策が終了してGHQ（連合国軍総司令部）は撤退し、「安保条約」によってアメリカ軍が駐留することになる。

この一連の条約の日本側の当事者が日本で唯一、五回にわたって首相を務める吉田茂で、第三次吉田内閣を組織していた時であった。

朝鮮半島で戦闘が続く中で日本はアメリカ軍の前線基地と化し、戦争に使われる武器弾薬など装備品を補給する役割を果たした。

その一例がB―29爆撃機による空襲の被害を国内で唯一受けなかった石川県にある小松製作所であった。小松製作所は国から当時一億五千万円という巨額の融資を受け、弾薬を供給する企業として急成長。日本経済団体連合会は、防衛生産計画推進を決議し、防衛産業による戦後の景気回復を急いだ。

またこの時期吉田内閣は、GHQの公職追放から復帰した鳩山一郎との確執から八月二十八日に抜き打ち解散を断行。十月一日に行われる総選挙を控えていた。

内灘闘争はこうした戦後の混沌とした時代背景の中で起こった。

日本が独立して五ヵ月後、抜き打ち解散して総選挙が行われる間の九月六日、在留米軍

内灘砂丘地（石川県河北郡内灘町）

の軍用地接収係が密かに内灘砂丘地を視察した。朝鮮戦争に使う砲弾の試射場の確保は米軍にとって急務であった。

第三次吉田内閣は米軍の要求を受け、静岡県御前崎、愛知県伊良湖浜を物色したが成就せず、青森の猿ヶ森砂丘、鳥取砂丘に次ぐ全国三番目の砂丘地で、立ち退き家屋もない「内灘砂丘地」を選定した。九月六日の米軍視察はその選定を受けたものだった。視察から十日後の九月十六日、政府は「内灘砂丘地および接岸海域の接収」を決定する。吉田首相自ら調印した「日米行政協定」に基づくもので、米軍に対する要求拒否は不可能であった。

そして九月二十日、内灘村に一方的に通告する。村にとっては寝耳に水の不意打ちとなった。

内灘町史によると、当時の内灘村は、人口千八十四世帯の六千五百人。漁民九百十八戸、それもほとんどが沿岸の地引網などの漁業と近海への出稼ぎ漁民で、砂丘地を開墾した三反（約三〇アール）未満の農家が八十五％を占め、専業農家は三戸、商家七戸であった。一戸当たりの年収の平均は当時のお金で約十万円。十三％が生活保護世帯。男が海へ行き、〝おかか〟と呼ばれる主婦のほとんどが〝いただき〟という浜で獲れた魚の行商を主としていた。

海を頼りに生きてきた村民にとって、砂丘地と接岸海域を接収されることは死活問題であった。

通告を受けた村では、翌日の九月二十一日に緊急村議会全員協議会、九月二十五日には村民大会を開いて接収絶対反対を決議。同時に嘆願書を作成し、村長らが四千八百余名の署名をつけて相次いで上京し、農林大臣に陳情。新聞等で大きく報じられた。

日本海に面したこの鄙びた村が、政府の発した「接収」の通告によって、「内灘闘争」という米軍基地問題として一挙に表舞台に躍り出たのである。

農林大臣への嘆願書の主な内容は、次の三点であった。

①漁業権の接収絶対反対

『内灘闘争資料集』から

――日本海沿岸の漁業権の確保――
②砂丘地の接収絶対反対
――国有地の払い下げ、及び農地化の要求――
③河北潟干拓反対
――干拓が進んでも内灘地区は水路になり、漁業権が奪われる――

この嘆願書は絶対反対を唱えながら、国有地の払い下げや砂丘の農地化要求などの条件を入れていたため、後に政府の術中に組み込まれることになる。

一方自治体の陳情に対して、石川県下の労働組合と生活のかかる村民が参加して九月三十日に金沢市の兼六園で開かれた大規模な「接収反対県民大会」は、無条件で接収の撤回を求め、その後の過激化を予測させた。

試射場の設置を国是とする吉田自由党は、十月一日に行われた第二十五回衆議院議員総選挙で二百四十議席を獲得。ぎりぎりとはいえ過半数を維持し、接収へ向けての歩みを加速させる。

これに対して反対派住民たちは、内灘村の中山又次郎村長をはじめ、村議、主婦、青年団ら五十名や柴野和喜夫県知事らも政府や国会などへの接収反対の陳情に向かう。

そして十月八日、「接収候補地は白紙還元する」という政府の報を受け、村民大会を開き、中山村長が政府の意向を報告して闘争体制を解いた。

ところがこの政府が発表した「白紙還元」は接収撤回の意味ではなく、〝保留〟を意味するものであった。このため石川県議会は、政府の発した〝白紙還元〟は「安保条約第三条にもとづく行政協定による軍事施設用地の再検討を意味するもので、言葉のまやかしに過ぎない」として十月二十五日の定例県議会で改めて接収反対を決議する。

一方選挙で過半数を得た吉田茂は十月三十日に、第四次吉田内閣を発足させ、石川県選出の参議院議員林屋亀次郎を入閣させ、十一月二十五日に「期限付き接収」を閣議決定。林屋に内灘村民の説得に当たらせた。

初めて大臣に就任した林屋国務大臣は地元説得のため意気揚々と石川県に帰郷。〝晴れのお国入り〟を期待したが、意に反して反対派住民たちに取り囲まれ立ち往生。警官に守られその輪を脱出するのがやっとであった。

その翌日の十一月二十八日、林屋大臣ら一行は内灘村に向かう。ところが、村民大会開催中の村民は話し合いも受け付けず、またまた警察官に守られて引き返した。

しかし国を背負った林屋大臣が退くことはなかった。その日の夕刻、内灘村の中山村長と村会議員二十名を金沢市内に招いて懇談。

結局政府が見舞金五千五百万円、道路費用千五百万円、文化施設費五百万円を出すことを条件に、村議会は昭和二十八年（一九五三）一月から四月までの期限付きで内灘を試射場とすることに合意し、後日、本会議を開いて正式受け入れを議決した。村長、村議会にとっては、わずか四ヵ月の辛抱で見舞金や道路建設など計七千五百万円もの収入があり、しかも〝米軍の統治下であり、国家のためになる〟という論理が罷り通った。村民の代表である村長、議員は、一方で為政者なのである。

ここに至る一連の経緯をみると、相手の人格を無視して飴と鞭を振るい絶対的権力で服従を強制する沖縄基地問題に共通する姿が浮かびあがってくる。

試射場と確定して以来、静かだった内灘村

米軍かまぼこ型兵舎（内灘町歴史民俗資料館蔵）

は行き交う米軍の工事車両で一気に騒がしくなった。砂浜には車輛用の道路として鉄板が敷かれ、かまぼこ型の兵舎、砲弾の発射場やコンクリートで築かれた着弾地観測所の建物なども建設されていった。試射場と指定された箇所には杭が打たれ、鉄条網が張り巡らされた。

漁に出ることができない男たち、浜で獲れた魚の行商で日々の命をつなぐ〝おかか〟たちの生活の場が失われていった。

こうした中で三月十八日、八十一ミリ迫撃砲の試射第一弾が発射された。

以後四月末日まで、日曜日を除く毎日、一日に約百発、多い時には約千発の砲弾が発射され、鳴り響く轟音は家畜を怯えさせ、学校の授業をも妨げていく。

砲弾試射開始(内灘町歴史民俗資料館蔵)

歌集『内灘』

試射場に砲とどろけど揚げひばり
　空に没《い》りしは声揚げてゐむ

芦田高子の歌集『内灘』（第二書房）の巻頭を飾るこの一首は、権力によって村人の生活を奪い取る暴挙への抵抗を象徴する歌であり、高子の闘いの狼煙となった。

歌集『内灘』は「内灘闘争」が本格化する昭和二十八年（一九五三）六月から翌年一月末までの七ヵ月間の有様を五百七十三首にまとめ詠ったもので、短歌で一テーマ、一歌集という手法を初めて確立した文学と高く評価された。

発刊されたのは昭和二十九年（一九五四）九月であったが、砲弾の試射はその後も昭和三十二年（一九五七）十二月まで続き、同時進行的な生々しさを描出させた。

高子は『内灘』を三部に分けて構成している。

第一部は理不尽な権力に抵抗する人々の姿を表す「たたかひ」三百二十五首、第二部は暴力にかき乱される前の、日本海と河北潟の織り成す村の歴史と美しい風景を称える「夢煙る村」百二首。第三部は、暴虐の前に分断される民衆への哀歌と、かすかな光に希望を見出そうとする「秋逝く浜」百四十六首。それぞれの部に項目が設けられ、連作によって展開する。まるで長編小説のような構成である。

このうち第一部「たたかひ」は〈鉄板の道に〉という項目で始まり、十七首でその状況が語られる。

蝶番《つが》ひ組み合わせたる鉄板を
　踏み鳴らしつつ退《そ》くこころなし

歌集『内灘』(昭和29年　第二書房)

反対に起《た》ちし北鉄労組の
　軍需輸送拒否のビラ電柱に壁に
内灘を終《つひ》のたたかひの場としつつ
　寄り来るひとら眼《まみ》かがやけり

〈鉄板の道〉というのは、米軍によって砲弾を運ぶために砂の上に鉄板を敷いて作られた道路のことで、このあと〈坐り込み〉〈デモ隊と警官隊〉〈権現森の浜〉などと続く。この「たたかひ」は、反対の声を圧殺して試射再開を宣告する政府に対して砲弾の着弾地などに座り込みを始める人々、中でも同じ立場の女性〝おかか〟たちと共に闘った記録である。

米軍の砲弾試射場の使用期限は昭和二十八年（一九五三）一月から四月までとなっていたが、準備が長引き、実際に発射できる体制になったのは三月に入ってからであった。村民はいつ試射が始まるのか、固唾をのんで見守っていたところ、まだ一発の砲弾も撃っていない三月六日になって、政府は「使用期限を延長する」意向を村に示してきたのである。四月末まで我慢すれば試射場は撤廃されると信じて反対運動を一旦収めていた村民は、政府が期限を守るどころか、継続使用を目論み、さらには永久接収に及ぶのではないかという不信感を募らせた。

一方アメリカ駐留軍から試射場の長期使用を迫られる第四次吉田内閣も必死であった。ところが、組閣から三ヵ月後に開かれた予算委員会で、野党議員の質問中に吉田首相が〝バカヤロー〟と発言したことがきっかけで、わずか半年で国会を解散せざるを得なくなった。

いわゆる「バカヤロー解散」で、三月十四日解散、四月十九日投票日と決定した。

そして国会解散中の三月十八日に試射の第一弾が発射された。

離婚後金沢に住んでいた芦田高子が「内灘闘争」を知るのはこの頃であった。

顔灼《や》けて襤褸《らんる》をまとふ老漁婦の
　怒り湛《たた》へて砂ひくく坐す
ひとを射つ砲弾《たま》を試すとうつくしき
　砂丘盗みて杳《とお》く区切れり

戦時を思わす砲弾の音は、全国の米軍基地反対闘争に火をつける結果を招き、四月十九日に行われた「第二十六回衆議院議員総選挙」では、保守陣営が大幅に議席を減らした。

吉田自由党は、三十五議席減の百九十九議席と過半数を割り込み、保守陣営で七十六議席を獲得した改進党を抱き込んでようやく政権を維持することができた。

これに対して議席を伸ばした野党の左右社会党、労農、共産の各党をはじめ、石川県内の県評、青年団、県婦人団体連合会、それに内灘六地区の代表は「内灘永久接収反対実行委員会」を組織し、「日米安保条約破棄」を訴える学生、労働者、文化人の反戦平和運動と合体し、この一連の運動は全国規模の反基地闘争に発展していく。

闘争をよそに米軍は、十八日間続けた砲弾試射を契約通り四月いっぱいで終了させた。

しかし朝鮮戦争はまだ続いており、武器弾薬の製造も、試射場も必要とされた。

総選挙後の五月二十一日に発足した第五次吉田内閣は、米軍の要請を受けて試射場の使用延長を目論み、新たに三億一千万円の保障金を追加することで「永久接収」することを閣議決定する。

札束で頬を打つ様である。

一方全国規模の反基地闘争に発展した「永久接収反対実行委員会」は、金沢市内で莚旗を掲げ、連日反対のデモ行進を繰り広げ、北陸鉄道労働組合は「軍用物資輸送拒否」

を決議、スト体制を確立した。

さらに内灘村では「接収反対実行委員長」の中山又次郎村長は権力側に立っていると して緊急村民大会で中山村長を更迭。急先鋒の出島権二氏を実行委員長に選出。石川県下の婦人団体は、エプロン姿で内灘砂丘に敷かれた軍用車両用の鉄板道路でデモ行進するなど一致して閣議決定に抗議した。

出島氏は後に次のように述懐している。

私が委員長になってから、政府は切り崩しのために私に攻撃を集中してきました。親戚や友人を使って私を崩そうと、莫大な金を積んできた事もあります。また実行委員会のメンバーに対しては「収賄罪」をデッチ上げるなど、本当に卑劣なやり口ばかりでした。しかし結束を固め、どれもこれもはねかえして闘い抜きました。

接収反対実行新委員長に選出された出島権二氏（『内灘闘争資料集』から）

政府は試射場を内灘から他所へもってゆくわけにもゆかない、のっぴきならないところに追い込まれており、「条件」を出す以外に打開できなかったのです。「条件」が出てくると、村民の考えは変わりました。「浜をこうしてやる」「補償はこうだ」という話はなかなか魅力があり、他方反対派はこれに対する適切な方針を打ち出せず、「条件」によって崩されていきました。

政府のやり方は本当に汚くて、例えば鉄条網のなかの麦畑の補償は賛成派には出すが、反対派には出さないというウワサが流れました。耕作者がウワサの真偽について確認に行ったところ「そんなことがあるはずがない。賛成・反対にかかわりなく麦の補償が出て当然だ」との説明を受けたのですが、結局反対派農民には麦の補償は一銭も出ませんでした

（一九五三年内灘解放区　出島権二さん聞き書き〈小松基地問題研究会〉）

条件をつけ切り崩しを迫る吉田内閣は、同年六月九日には継続使用に必要な条件となる「内灘開墾予算」を計上し、石川県などとの再交渉に乗り出す。

ところが損得に囚われない、純粋に内灘砂丘の返還を求める〝おかか〟たちは動じなかった。

砂に坐す九割が漁夫《かこ》の妻らにて
　純粋なるは知らず怖れも

激励のことば聞くときのみ笑う
　主婦らを胸にいだき泣きたし

また北鉄労組の上部団体、当時の国鉄労働組合中央闘争委員会は「軍用物資輸送拒否」を決定。翌十日には、地元との交渉にあたるため来県した田中不破三官房副長官ら政府高官に対して、「接収反対」「問答無用帰れ」などの莚旗を立てた村民の半数近い約三千人と、支援の労働組合員、学生ら二千人が集結し、県庁前で政府関係者の入庁を阻止。動員された約二千人の武装警察官と激突。多数の負傷者が出る大混乱に陥った。

座り込む“おかか”たち(『内灘闘争資料集』から)

すでにして手配しありしか武装警官
　一個小隊が棍棒手に手に
鉄かぶとにむしゃぶる漁夫おかかたち
　村思うこころ唯に一途に

しかし政府は、淡々と「六月十五日から試射再開」を閣議決定し発表した。怒る村民たちは内灘砂丘地に反対運動の拠点とする船小屋を十六か所に設置。着弾地の権現森や鉄板道路に座り込みを開始する。座り込みには〝おかか〟や労働組合員、学生たちに交じって芦田高子の姿もあった。

この浜を死守すると砂に坐す
　道に乱れ揺れつつ小判草咲く

学生たちは農家の麦刈りやサツマイモの植え付けや

子どもを連れて座り込み（内灘町歴史民俗資料館蔵）

草刈などの農作業を手伝い、農家に泊まり込んで反対闘争に参加。高子は毎日のように金沢から通って、昼夜交代で座り込む〝おかか〟たちと共に過ごした。

座り込みの続く権現森などには、闘争を支援する清水幾太郎、大宅壮一、石川達三、中村哲、市川房江ら著名な文化人、革新系国会議員も次々と支援に入った。

しかし砲弾試射は強行再開された。

昭和二十八年（一九五三）六月十五日午前八時〇二分、四十二ミリ迫撃砲の炸裂音が響き、権現森の砂丘の砂が飛び散った。

強圧の砲弾《たま》放たれぬ一せいに
眦《まなじり》も裂けて幾千の眼が
捲《ま》き上がる汚穢《をわい》の煙吸い湛えて
遂に呑みつくす浜の朝の気

試射再開第１弾の砲煙
6月15日
午前8時2分試射再開
42ミリ迫撃砲、砲煙を見つめる村民達の気持ちは。

『内灘闘争資料集』から

試射再開に対して村民や学生、革新陣営による「基地反対全国大会」が開催され、一万人が参加。大会後「金は一年、土地は万年」「接収反対」などの筵旗を先頭に金沢市内をデモ行進するなど反対運動は激しさを増し、新聞や雑誌に次々と取り上げられて全国から注目される広がりを見せた。

支援に入った文化人の一人・大宅壮一は、試射再開後の六月二十四日の読売新聞に『内灘で見たもの』と題して、次のように当時の情景を描写している。

現場の状況を簡単に説明すると正面にカマボコ兵舎などがあり、発射するところはその奥にあるそうだが、外からは見えない。入口に門があり、その両側にはずっと鉄条網が張りめぐらされている。門の手前の砂原に、ム

内灘町歴史民俗資料館蔵

シロでかこって申しわけのような屋根を付けた小屋がある。そこで漁師や農夫の姿をした男女が、廿人ばかり坐ったり寝そべったりしている。その付近に「軍事基地絶対反対」などと記したムシロ旗が立っているのは、かねて予想したとおりだが、この小屋の上に「日の丸」がへんぽんとして翻っているのには少々驚いた。この種の運動には全然見られなかったものである。

大宅壮一が見た「内灘闘争」はイデオロギーの匂いのない、真に生活をかけた村人の素朴な戦いに映ったようであった。

七月三日に内灘に入った参議院議員の市川房江は、米軍の試射場の正門前と着弾地の権現森を訪れ「五分くらいの間隔でシュー、ドカンと砲弾のさくれつする音が続いている」とその体験談とその後の対応を『婦人朝日』の九月号に寄せている。

ここは、私有地で境内である。二つの小屋に約百二十名くらい、ほとんど漁夫のおかみさんたちばかりで、正門前よりももっと鼻息が荒い。「東京から帰ってくる男共は、皆弱くなって来るようだが、わしらは死んでもこの土地は渡さない……」と金沢弁でまくしたてる。四ヵ月だけというので貸したのに、政府はうそを言ったというのが、この人たちの一番憤慨しているところらしい。昔日本中にまんえんした米騒動の口火を切ったのが、同じ日本海岸の富山県滑川の漁夫のおかみさんたちだったことをおもい出す。とにかく、このまま放置することはできないという感を深くし、夜行で帰京する

とし、後にこのおかみさんたち十二名が内灘砂丘返還の陳情に国会を訪問した時は、緒方竹虎副総理と直接会う場を設定するなどして支援している。

また戦後社会派を代表する洋画家の新海覚雄は、約一週間、村の人々と一緒に坐り込み、その体験を基に昭和二十八年（一九五三）十一月一日発刊の『新しい世界』に『内灘のおかかたち』と題す

緒方副総理に陳情する“おかか”たち（歌集『内灘』復刻版から）

る一文と、権現森に座り込む女性や漁師たちのリアルなカット挿絵を掲げた。

おかかたちは降り注ぐ雨にもめげず、朝から夜まで繰り返して、かれらに向かって激しい憎しみを籠めて罵倒の叫びを雨と浴びせるのだ。〝ヤンキー、ゴー、ホーム！〟と。一人の画家として現地でくみ取ってきた激しいリアルの姿を絵にして、絵を通して一人でも多くの人にこの現実を訴え、この美しい日本を取り返す闘いの万分の一の力になりたい気持ちで一ぱいである

と綴った。

しかし彼らの訴えは空しく、政府は巧妙であった。

無医村だった内灘村では、反対派の医療班が臨時の診療所を設置し、村民との交流が始まると、国は即座に補助金を出し社会保障制度が適用できる村立の診療所を建設した。漁業補償も交渉の条件に加えた。

すると、どこの反対運動でも見られるように、内灘の村民の間にも〝条件闘争に切り替えた方が良いのでは〟という意見が強まってくる。

かつて出島権二氏が指摘した住民の分断の再来であった。

朝鮮戦争は、試射再開から一ヵ月余り後の昭和二十八年（一九五三）七月二十七日に、国連軍と中朝連合軍との間で休戦協定が結ばれ三年間に及ぶ戦火は止んだ。しかしそれは、あくまでも休戦であり、戦争状態が終結したわけではなく、武器製造も米軍の砲弾試射も継続されていった。

国会では警察予備隊から改編した保安隊の武装を正当化する「武器製造法」が可決され八月一日に公布された。

内灘では、村議会が共産党や全学連など外部支援者の退去を決定し、八月十六日には反対派を牽制する「愛村同志会」「愛村青年行動隊」が組織された。その結果共産党の闘争小屋が破壊される事件も起こる。

ビラや脅迫文での切り崩しが始まり、村民の間での分断が次第に強まっていった。

部外者を容れざれば勝つ闘ひと
　だまされてある無智を知らざり
腹さぐり合ひつつ坐せば一言も
　言わざる苦渋《くじふ》みな面に見す

杓二本漬けてたゆたふバケツの水
やさしく出せど無視したる表情《かほ》

九月五日、内灘村議会は「永久接収ではなく、試射場の使用を三年以内とすること」、「不要になった国有地は地元に売却すること」など再び条件つきで政府と交渉することを確認。これに反発する反対派の実行委員会が村長のリコール運動を開始するが、かつての勢いを失い不調に終わる。

そして九月十五日、国、県、村の三者が、試射場として三年間の使用を条件付きで認可することで合意する。

しかし純粋で打算を許さないおかかたちはこれを認めず、座り込みを継続した。

とどろきて試射する砲にゆらぎつつ
皆ひくくやさし紅《べに》の花合歓《はなねむ》

小屋二つ陽耀《ひて》る砂丘に坐して貧し
弁当の箱幼なもひらく

母のまろ乳唇《ちくち》にふくみて何知らぬ
嬰児《みどりご》も坐せり母の意のままに

九月十八日、国、県、村の行政機関の調印をもって組織的な座り込みは遂に解除され、闘争は終結に向かった。

九月二十日、自治体との妥結に伴って政府は、翌日の二十一日から今度は砲弾の射程を延長することを決定して「権現森立ち入り、座り込みは刑事特別法で処罰する」と通告。

それでも赤子を抱いたおかかや、支持者二百名以上が権現森での座り込みを継続した。決死の覚悟であった。

あすよりの射程延長みな知れば
いふもいはぬもただならず坐す
手ぬぐひを四角くかぶり継ぎはぎの
浜着を着たる闘志うつくし

砲弾《たま》に射《う》たれ死なむといへる老婆の言
終わらぬにみな声挙げて泣く

この命を懸けた座り込みのため、射程を延長する試射はできなくなった。しかし――。一週間が過ぎた九月二十八日、武装した警官、私服警官約二百名が乗り込み、座り込みは容赦なく、牛蒡を引き抜くかのように強制的に排除されていった。さらに人々を追い払った権現森試射場の入口には扉が設けられ、固く閉ざされた。

美しき砂丘の砂に影乱し
追はるるものと追ふ警官と
息づまる対峙に人ら増えゆけど
素手なるものを女はかなし
民有地われらが浜を追ひて閉《さ》す
この暴虐に何礫《つぶて》せむ

万事休す。十月四日、「永久接収反対実行委員会」は解散。すべての座り込みも解除され、虚しさのみ残った。

その後二年間にわたって一日約千発の砲弾試射の轟音が内灘砂丘を揺るがした。

そして昭和三十二年三月十日、国の契約通り、内灘試射場の正式返還が決定した。日本で米軍基地が撤退した初めてのケースとなった。

返還後内灘は、試射場の補償事業として公共施設や道路が建設され、砂丘地の開墾や河北潟の干拓が進み、大学も誘致され、鄙びた漁村が今では金沢市のベッドタウンとなった。

〝おかか〟たちの闘争は、歴史的にはどう評価されれば良いのであろうか。

『歌集 内灘』の第二部「夢煙る村」は、闘争が終わり、静けさを取り戻した村に立って、村人たちが理不尽な権力に対し怒りの炎を燃やし続けた日々を、第三者の眼で問い直している。

日本海と河北潟に挟まれた日本で三番目の規模を持つ砂丘。その自然が織り成す美しい村の春夏秋冬。肥沃な土地がなく、遠くへの出稼ぎ漁に行くしかない貧しい村の歴史。慎ましく住まう人々などを〈貝殻の夢〉〈雪の遊び〉〈合歓の蔭に〉〈浜ごうの丘〉〈河北潟〉〈村のなりわい〉〈村の歴史〉の項目に分け、百七首の連作で詠い上げている。

潟と海にはさまれし砂丘うつくしく
　合歓《ねむ》の花咲き夢煙る村

莚旗立てて闘ふ伝統を
　嘉永の世より長く持ち来し

内灘の砂に吸はるる海の水
　歎き掬《すく》えばすでに色なし

第三部は「秋逝く浜」としている。
〝戦いすんで、日が暮れて……〟
砂丘に敷かれた砲弾輸送用の鉄板道路にも赤さびが付き始める。

闘ひのあとなく澄める秋の空に
　防砂林ひくく蜻蛉《あきつ》飛び交ふ

坐り込みをやめたる後に射たれたる
　烏《からす》とおもふ幼く死にぬ

それにしても激しい闘いであった。が、人心が分かれた虚しさが去来する。

三千ヤード北を歩めるわが前に
　五弾六弾炸裂のさま
朽ちずあれ文字消されざれと曝《さ》れ朽ちむ
　莚旗のそば離れ難かり
二度までも漁師らを騙し売る
　浜を愛せるらしき芝居長かり

分断をもたらせた張本人としての村長に怒りを向けると共に、多数決という民主主義のルールの前にあきらめざるを得なかった。

米兵に断《き》られし合歓《ねむ》の根株より
　生えのびてみな瑞瑞《みづみづ》し枝

高子はこの歌で、歌集『内灘』を締めくくった。踏まれても折られても尚立ち上がった村の民。とりわけ〝おかか〟への賛歌であり、自身を奮い立たせる決意を示す歌でもあった。

そして高子は、分断された村に漂う政治力学に目を向け、次の戦いに挑むことになる。

内灘残照

星野尚美は年に五~六回、寝袋を携えて東京と内灘を往復し、内灘砂丘の権現森で夜を明かしたことがあった。砂丘の砂の上に寝ると、かつてこの砂の上に座り込み、美しい海と生活の場を守ろうとした無防備なおかかたちと母高子が励まし合う声と息遣いが聞こえてきたという。

令和三年（二〇二一）十一月、星野の案内で見晴らしの良い権現森に立った。砲弾の命中率や爆発、不発を確認するために造られたコンクリート造りの建物が残っていた。試射場時代の面影を残す数少ない遺跡で、造られた当時はほとんど砂に埋まり半地下式になっていたという。外壁の一部は崩れ、入り口にあったと思われる鉄の扉は無くなっていた。真っ暗な内部に入ってみると、五~六人は入れるほどのスペースがあり、光が差し込む窓があった。着弾の様子を確認するための窓で、今覗いてみると、合歓とアカシアの木が覆い茂って視界を遮り、砂丘は見えなかった。

この「着弾地観測所跡」の東側を下ったところに広場があり、「小浜神社跡」と書いた

権現森に保存されている着弾地観測所跡

立て札が立っていた。内灘町教育委員会が設置した案内板によると、「貞観十三年（八七二）十二月、渤海国の使節・楊成規らが、この小浜神社の地に来着し、それを契機に朝廷から奉幣を受け〈黒津船大権現〉とも称された」としている。渤海国は唐に滅ぼされた高句麗の末裔が築いた国ともされ、黒津は古代朝鮮語では〝コクル〟と発音し、高句麗のこと。黒津船はコクル船のことで〈黒津船大権現〉は、〈高句麗船大権現〉と考えられるという。

星野は「内灘がある北陸沿岸地方は、大陸文化の原型を伝える神社が少なからずあり、古代から内灘の人々の中にその文化が誇らしく息づいている。特に九世紀には唐との公式使節交流が三回、朝鮮とは九回、渤海とは二十回もの交流があり、北陸に多くの文化がもたらされた。そ

米軍試射場 射撃指揮所跡（内灘砂丘地）

の地を守るおかかたちの心情の中にその誇りが脈々と流れ、闘いを支えていたのではないか」と語る。

この権現森の着弾地より西に二キロ余り離れた砂丘に試射のための「射撃指揮所跡」の建物が一棟だけ残されていた。

かつてこの付近は試射の中心部で、かまぼこ型の兵舎や五基の弾薬庫があり、数基の砲台が設けられていた。

星野によると、試射場が返還された後の昭和三十五年（一九六〇）夏、母高子が「新歌人社」の同人たちとここを訪れたときは、人影もなく静かな砂丘の上に五基の弾薬庫が幻のように立ち並んでいたという。その時、高子は激しかった闘争の日々を想い、十五首の歌を残している。

撤去される弾薬庫（内灘町歴史民俗資料館蔵）

弾薬庫五つ覆う浜芝生
　　しげり行きつつ遺影いかめし
試射場が解除されたる一言を
　　弾薬庫なりし洞にひびかす

弾薬庫は昭和五十三年（一九七八）六月に開催された「内灘闘争二十五周年記念集会」を前に〝風紀上よくない〟という理由で、町によってすべて撤去されたという。今は広い砂丘に戻っている。

高子は「内灘」を長く引きずっていた。

物売りの女が来ればどこと聞き
　　内灘といえば買いぬ鮴鮒《ごりふな》

内灘で身に染みたのは政治権力の巨大さであった。

「内灘闘争」で知り合った労働組合の人たちや短歌会の仲間らから推されて高子は、金沢市議会議員に立候補する。選挙は、昭和三十年（一九五五）四月三十日に行われた。定数四十四に対して、女性三人を含む七十三人が立ち、高子は千百二十二票獲得したものの六十三位で落選した。

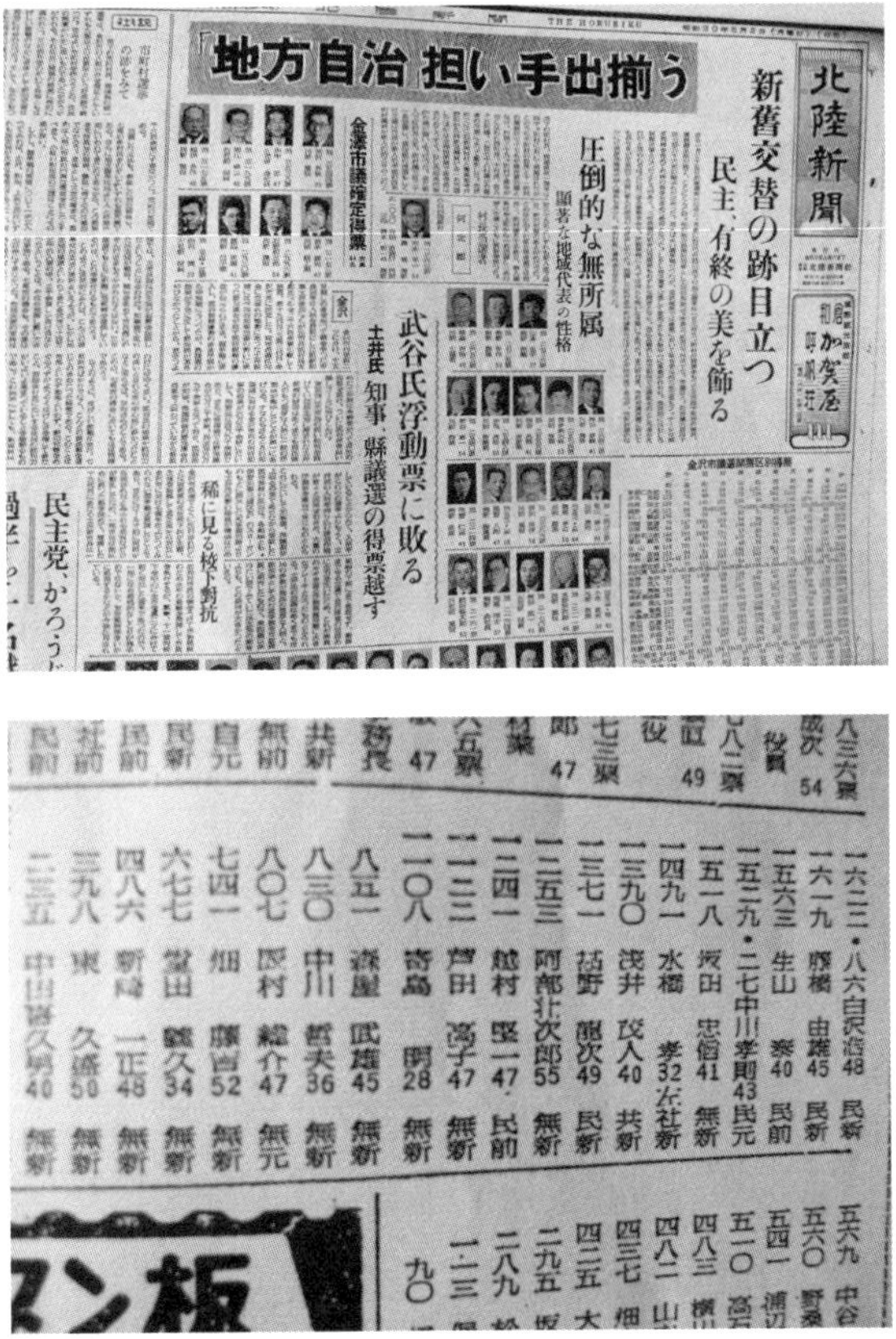

金沢市議選に立候補落選
（昭和30年5月2日付け北陸新聞）

高子はこの選挙について一首も発表していない。選挙に費やした時間と労力、支援してくれた人たちに結果を残せなかった詫びの思いが歌を創らせなかったのか。星野尚美は「母は政治家になろうとは思ってもみなかった。村人を騙さない政治の在り方を示したかっただけのようでした」と語った。

それは内灘試射場が返還された昭和三十二年（一九五七）に詠んだ歌が表している。

村百年の大計といいし村長らの
　郷土《くに》売りし四年に崩れゆきぬ

高子の社会悪に対する反発は、この選挙の落選で衰えるどころか益々強まっていく。

舞台は世界へ

高子の次の戦いの矛先は世界に向けられた。

昭和二十九年（一九五四）三月一日に太平洋のビキニ環礁で行われた水爆実験で、マーシャル諸島の住民や漁船の乗組員など二万人を超える人々をはじめ、マグロなど大量の水産物が放射性物質に汚染された。

この実験をきっかけに平塚らいてう等五人が発起人となり、「国際民主婦人連盟」をはじめ世界各国の団体に宛てて〝原水爆禁止をのぞむ日本婦人の訴え〟を送った。これが世界中から支持されて「第一回世界母親大会」が昭和三十年（一九五五）七月、スイスのローザンヌで開かれることになった。

女性の権利拡大を訴える平塚らいてうは、高子が尊敬する女性であり、水爆実験を行ったアメリカは、高子にとって内灘を試射場として踏み荒らした憎き国であった。

この世界母親大会の準備を兼ねて六月七日から三日間の日程で、「第一回日本母親大会」が東京の豊島公会堂で開かれた。大会スローガンは「生命を生み出す母親は、生命を育て、生命を守ることをのぞみます」であった。

会場には全国から母親ら女性二千人と、世界十四ヵ国の代表らが参加。高子は選挙直後ではあったが積極的に参加している。

大会では、水爆実験で亡くなった久保山愛吉さんの妻すずさんの〝原爆の犠牲者は夫で最後にしてほしい〟という涙の訴えがあり、また全国の代表者から母親の置かれている窮状が次々と報告された。この母親たちの〝涙の大会〟は、エプロン姿で鉄板道路を行進して抗議した内灘のおかかたちの思いと重なっていた。

さらに広島に原子爆弾が投下されて十年目にあたる八月六日には「第一回原水爆禁止世界大会」が広島で開かれた。被ばくして、その体験を「原爆の図」として描いた丸木位里、俊夫妻は、高子が「新歌人」を立ち上げた時以来援助を受け、第一歌集「流檜」の装幀も引き受けてくれた恩人であり、夫妻の語る原爆の悲惨さは身に染みていた。高子は、この「原水禁世界大会」にも参加している。

押しぴんにて張り拡げたる古エプロンの
　二枚にあまる母の寄せ書き

補助いす置き通路に莚敷きて坐し
　母が慰む母らの唄に
ケロイドの顔を曝して泣くひとを
　支えん涙誰も誰も拭く
十年まえのこの陽と思う身に浴びて
　広島に歌う「原爆許すまじ」の歌

　これらの歌は第三歌集『北ぐに（日本文芸社）』に纏められた。『北ぐに』は昭和二十七年（一九五二）から昭和三十三年（一九五八）までの七年間に作られた中から六百八十四首が収録され、昭和三十四年（一九五九）に発刊された。

　高子は歌会やその道中で目にしたことごとくを歌にしている。そのうち出版したものだけで『北ぐに』の六百八十四首以前の第一歌集『流檜』五百五十三首、合著歌集『新撰六人集』で九十首、第二歌集『内灘』で五百七十三首を発表している。高子の制作意欲の凄まじさが伺える。

　高子は『北ぐに』の「あとがき」の中でこう述べている。「私の歌を称して〝素材主義〟に傾くといった人がいる。私はその言葉を私なりに解して甘んじて受ける。何故なら文学において、素材は、新しくて広範囲である程結構だからである。つまり言葉を変えればそのように広範囲な幅広い生を生きていることであるからである」と。
　この時高子は五十二歳。全盛期を迎えていた。

　昭和三十五年（一九六〇）九月、主宰する『新歌人』の「発足十三周年記念大会」が、故郷津山市の衆楽園迎賓館で開催された。津山市に初めて支社が結成されて三年目であった。このころ新歌人の会員は全国で約二千人に達していた。この中から約百人が参加。岡山の友人であり、高等女学校まで金沢で過ごした詩人・永瀬清子さんが「新しい女性の歩み」と題した記念講演を引き受けてくれた。故郷に帰った高子にとって最も華やかで満ち足りた日であった。

ふるさとを呼ぶ声にあふれゐる時も
　晴れて静かなり春の大那岐

　この年高子は、記念大会で講師を務めてくれた永瀬清子さんに乞われ、瀬戸内の島にある長島・光明園を訪れて万葉以来の和歌について講演。また山深くに五年前に築かれたばかりの中国地方最大の人造湖・湯原ダムを訪れ、光明園で二十二首、湯原ダムで二十七首と、岡山の海と山で人間の営みの哀しさを詠んでいる。

寄るべなき悲しみごころ鎮めつつ
　癩園の島の海に向き佇つ

わが話終りし時を異様にて
　癩者らが二つの掌に鳴らす音

「死の影の谷歩むとも怖れじ」と
　ひとりに合わす詩編の一節
　（光明園で）

幾世帯が棲みいしあとの湖か
　残しゆきたる執心暗らし

水底に沈みし村のかなしみを
　　今も如実に群れて立つ木木
ダムの水に曝《さ》れ立つ立木秀先《ほさき》より
　　わが頭髪も枯れむと目守《まも》る
　　　（湯原ダムで）

　また昭和三十六年、昭和三十七年は、高子が海外にその名を知られる年になった。昭和三十六年（一九六一）三月、前年に改定された「新日米安保条約」の危うさを背景に、東京で「アジア・アフリカ作家会議」の緊急会議が開かれ、高子も出席した。大会にはアジア・アフリカ二十ヵ国の作家が参加し、世界平和の連帯を宣言した。この会議に中国から参加した詩人の李季氏や、東京大学などで中国文学を講義した経験もある作家の謝泳心氏ら十人が、内灘の砲弾試射場があった場所を見学したいと申し出て、高子が案内役を務めた。
　その当時、米軍が試射に使った五棟の弾薬庫がまだ残っていた。高子は中国の作家たちに「内灘闘争」の状況や、〝おかか〟と呼ばれる女性たちの闘いについても詳しく説明し、高子の歌集『内灘』を贈った。

この出会いが縁で、後に中国作家協会出版社から高子の歌集『内灘』、『北ぐに』の作品が中国語に翻訳され『驚雷集』に掲載された。短歌が中国語に翻訳され「中国作家協会」に保存されているのは、高子の作品以外にはない。

当時中国との正式な国交はまだ再開されてなく、中国の作家たちは北京から遠回りの香港を経由して来日したという。

この年の「新歌人」十二月号に、謝泳心女史が「人民中国」に掲載した「日本の女流作家を思う」という文章が転載されている。この中で内灘を案内した高子評が興味深い。

きびきびと明朗で情熱にあふれたこの詩人は、私たちの内灘訪問の案内役に立たれたが、途中でも内灘の婦人たちの英雄的な闘争の実績を熱心に紹介してくださった。(中略)

芦田さんは、短歌を匕首《あいくち》のように闘争の武器として、戦う大衆を支持し激動しておられる。私たちが金沢を離れる前夜、芦田さんは作家たちの座談会を開いて、夜遅くまで私たちと文学創作の問題について語り合ったうえ、翌日はまた駅まで見送って下さった。

私たちはしっかりと握りあった手を放したくなかった。芦田さんのたえず短歌を書いておられる熱い手から、英雄的な内灘人民の力を感じ取ることができた。

高子の歌集が『驚雷集』に採り入れられた所以はここにあったのであろう。

またこの年、昭和三十六年の九月に高子は、「第一回訪ソ使節団」の一員として、ソヴィエト連邦各地を視察し、交流している。「ソ日協会」「ソ連婦人委員会」の招待によるもので、高子のほか、日本平和委員会副会長の大山柳子氏、作家中地昭子氏、岩崎敬太氏の三人の進歩的文化人が一緒であった。

一行は運航が始まったばかりの定期船「モジィイスキー号」で九月二十二日に横浜港を出航。本州沿いに北上し、津軽海峡を通って日本海を西に横断する二泊三日の旅程で、九月二十五日夕方、ナホトカ港に到着した。

瞬間に虹をともなう浪しぶき
　北海に向かう露船冷え来ぬ
イルクーツク物語のポスターわが持つに
　風支え湧く露語の歓声

ナホトカからは、シベリア鉄道の支線に乗り換えてハバロフスクに向かい、ハバロフスクからは飛行機でモスクワへ向かう強行軍であった。当時ソ連は、〝鉄のカーテン〟の中にあり、東西冷戦の最中であったが、スターリン主義を批判したニキータ・フルシチョフ書記長が最高指導者として、西側諸国との融和政策を打ちだしていた。

高子たちは、モスクワでは一週間滞在した。赤の広場クレムリン、レーニン廟、聖ワシリィ大聖堂など、壮大な建物群に圧倒される。また郊外の公園では、見事に整備された公園や遊ぶ子どもたちの平和な風景に社会主義の素晴らしさを体感したとしている。

イワン三世が祈ると坐せし座のありて
いま労働の国の灯に曝《さ》る

赤の広場

子供らの手にとまりてパン食し
　　ゆく頬白やさしソ領の秋を

十月三日夜、国際特急列車でレニングラード（現サンクトペテルブルグ）へ向かう。十月四日、五日と、子どもたちを教育するビオネール宮殿、ロマノフ朝時代の冬の宮殿で世界最大の美術館・エルミタージュ美術館など視察。ロシア帝国時代のバレエの中心施設「キーロフ劇場」では、バレエ「白鳥の湖」を見学。さらに第二次世界大戦の犠牲者の墓に詣でたほか菓子工場、養老院など幅広く視察した。

翌十月六日朝には飛行機でウクライナへ向かい、ウクライナ語とロシア語を併記するキエフ（キーウ）駅に驚く。十月九日には黒海沿岸の美しい保養都市ソチに招かれ、ソ連の人たちの休暇の過ごし方を味わった。

エルミタージュ美術館

高子はソ連滞在中、初めて見るものに驚き、各地で多くの歌を詠んでいる。

母親の赤きセーターの膝に寝る
　子の金髪が花めきて揺る
コーカサスの山が雲海をぬきて立ち
　雲より白き雪を載く

そして十月十三日、モスクワに帰り、翌日最後の行事であったフルシチョフ夫人・ニーナ・ペトローヴナさんとの懇談会に出席して帰国した。

高子は帰国後「新歌人」の十二月号に『訪ソを終えて』と題して「社会主義国の先達であるソ連国民が生きる上の一切の経済不安から鮮やかに解放されている有様は最大の羨望だった」と回顧している。

ソ連からの帰国も船便で三日を要した。当時モスクワは遠かった。東京―モスクワ間に直行の航空便が開設されたのは、六年後の昭和四十二年（一九六七）四月であった。

旅行記の中で高子は、招待してくれた「ソ日協会」の副会長で、同郷の片山潜の長女・片山やすとの交流に触れていない。

やすは自伝の中で、日本からの訪問客には必ず会ったと記述しており、特に同郷の高子ならば会っているはずだと思った。ところが調べてみると、やすは昭和三十四年（一九五九）に岡山で執り行われた「片山潜生誕百年祭」に出席するため、三十五年ぶりに日本に帰国していた。この時、モスクワで死去した父潜が故郷ではまだ生きていることになっていることを知り、出身地の岡山県久米南町役場で二十六年ぶりの除籍手続きを取っていた。またこの年は、広島で開かれた「第五回原水禁世界大会」に出席。以後「日ソ友好団体」との交流のため何度か帰国している。このため高子とは行き違いで会えなかったのであろう。

日本滞在の中でやすは、父潜の墓がクレムリンの壁のほか、東京の青山墓地にもあることを知り墓参している。墓は潜の親友で、東京商工会議所会頭など務める実業家の岩崎清七氏が潜の十周忌にあたる昭和十八年（一九四三）に建立していた。

片山潜の墓（東京・青山墓地）

余談になるが、東京でやすを迎え潜の墓に案内したのは、やすを〝モスコーのママ〟と呼んで親しかった「日ソ親善協会」の元職員で、作家の横須賀壽子さんであった。横須賀さんがやすを案内した時、やすは墓石の正面に社会主義者・片山潜の名が堂々と掲げられているのを初めて見た。側面には妻フデ、弟幹一、妹千代、それに自分自身の名も彫り込まれていた。思想犯の取り締まりに特高（特別高等警察）が躍起になっていた時代に、父と家族の名を彫り込んだ墓を作ってくれた岩崎氏の大きさに感動した。やすは、横須賀さんに「私には帰る場所があるのね」とつぶやき、流れる涙を拭こうともしなかったという。

横須賀さんはその一言が忘れられず、やすが昭和六十三年（一九八八）に八十八歳で死亡し、モスクワのノボデビィチ修道院に葬られていることを探し当てて、平成六年（一九九四）に分骨し、家族が眠る青山墓地に返し

片山やす（左）と横須賀壽子さん（横須賀壽子さん蔵）

ている。

高子は、やすとは会えなかったものの帰国後もソ連との交流は続いた。

昭和三十七年（一九六二）五月、ソ連の「宇宙飛行船ボストーク一号」で、人類初の有人宇宙飛行を成し遂げたユーリィ・ガガーリン宇宙飛行士の歓迎会が東京で開かれた際にも招待されている。歓迎会には、一緒にソ連を視察した大山柳子氏らのほか、内灘闘争で縁ができた作家の佐多稲子氏や画家の丸木俊氏らも出席しており旧交を温めた。このとき楽焼の皿に、丸木俊氏が絵、高子は短歌を書いて彼に贈っている。

平和のため宇宙きびしく飛びましし
君をたたえん正目にいま

ガガーリン宇宙飛行士は、ロシア語に翻訳されたこの歌の意味を知って大いに喜び、左に丸木、右に高子を引き寄せ、一緒にカメラに収まったと高子は後に記している。

挽歌

世界的にも名が知られるようになった人生の全盛期に、高子は天蓋孤独の哀しみを知ることになる。

昭和三十七年（一九六二）十二月二十四日、父・喜之輔の死を知らされる。しかも縊死であった。母多けは既に亡く、前年に姉久子を失っていた。

「父死す」の電報を受け、急いで故郷に帰った。寒い日だった。生家の背後に迫る那岐山は、真っ白い雪に覆われていた。

縊死の原因を誰も語らなかった。

遺書もなき父の死なればその因の
不明は誰も触れずわが狂う

子どもの頃からあった燕の巣の下の梁にマフラーを掛けて首を吊ったことを知る。

黒き梁に父の頭《ず》ありし距離などを
　目に計りつつ質《ただ》す苦悩も

粗末なる黒マフラーが父の息止めいしか
　暗き外《と》の闇こめて

高子は最愛の家族をすべて失い、遂に独りになった。若いころ大海を夢見て家を出て、北陸に根を下ろした。故郷にも、家族にも縁が薄かった。五十五歳になっていた。

家出でて旅に暮らせば発言権の
　大方は捨てて葬列につく

死の因をおおよそ計る仏灯を
　絶やさじと夜半仏間にひとり

仏間で棺の父の寝顔を見ていると、幼く、貧しかったころの悲しい思いが蘇った。

父の名の喜之輔の一字つけて呼びし
　わが家の牛の「喜楽」売られゆく
「ほんなら喜楽行くか」と云いてふるえ持つ
　言葉を切りて父は咳せり

生家は、義兄が継いでいた。血のつながりはなく遠慮があった。遺骨を納めるまでの日々を生家で過ごすのが億劫で、倉敷の大原美術館を訪ねた。入口に立つ「カレーの市民」。館内のシャヴァンヌ、モロー、ゴッホにさえ父を感じる。

縊死したる父を哀しむ眸もて見る
　父より深き彫りなる貌を
シャヴァンヌの漁夫の裸身の均整も
　悲しの目に鼻梁ととのう
モロー描く「雅歌」の女の華やかさも
　わが持たず父の喪にいるひそと

葬儀のすべてが終わり、生まれ育った家と別れる日が来る。墓に詣でて別れを告げる。墨も新たな卒塔婆の下の土は凍てついていた。

杉垣の回る野の墓地に入るは何時、
　父母、姉の辺に空想の墓碑
父の家をきょう離れむに眼冴え
　仏灯に透かす挽歌の歌稿

高子は短歌の化身のようになっていた。悲しみのどん底にいながら、「挽歌」と題して父の死に関する歌を、実に百十四首も作っている。ただ父の死直後に歌は創られていない。一年経って絞り出すように生みだされた歌であった。

高子を悲しみの底から救ったのは、相変わらずの忙しさであった。

昭和三十八年（一九六三）七月、前年のソ連視察が縁で、「日ソ親善協会石川県支部」から「日ソ協会石川県連合会」に改組された際に副会長に推された。

新聞、テレビに登場し〝時の人〟にもなった。

また女性解放を訴える「新日本婦人の会」へ積極的に参加していく。会は平塚らいてう、いわさきちひろ、壺井栄らが呼びかけ人になって、全国の婦人たちに「平和を守るために女性たちが手を繋ごう」と訴え、昭和三十七年に発足していた。

ソ連視察などを通して「女性解放のために社会主義を評価する」という立ち位置をとる高子ではあったが、マルクス・レーニン主義に固執することはなかった。

「新日本婦人の会石川準備会」を立ち上げ、遮二無二走り回った高子は、昭和三十八年（一九六三）十月に会を発足させる。

父の死の悲しみに浸る時間はなかった。

会の結成式には、当時の田谷充実石川県知事をはじめ、百万邦彦県議会議長、土井登

「新日本婦人の会石川県支部」発足時のパンフレット
昭和38年10月発足

金沢市長らからお祝いのメッセージが届いた。

高子はこの結成時のあいさつで「思想信条を超えて、平和のために、婦人と子供の幸せを願って会員になられる方々が多いことはうれしいことです。皆様と共に〝平和のタネ〟をまきましょう」と述べ、友人で詩人の深尾須磨子氏が「皆さん一つになりましょう」という詩をつくり、高子を応援した。

また結成式に向けて走り回っていた八月に、ソ連文化省から送られてきた小包は一挙に悲しみを吹き飛ばした。高子の作品がロシア語に翻訳され『芦田高子選集』として、ソ連文化省外国図書出版所から出版されたのである。

ソ連版『芦田高子選集』は、縦十六センチ、横十センチ。ブルーを基調に、白い鳥が波と戯れている様がデザインされた表紙で、第二歌集『内灘』と第三歌集『北ぐに』の中から抜粋した百五十二首が採録され、四十ペー

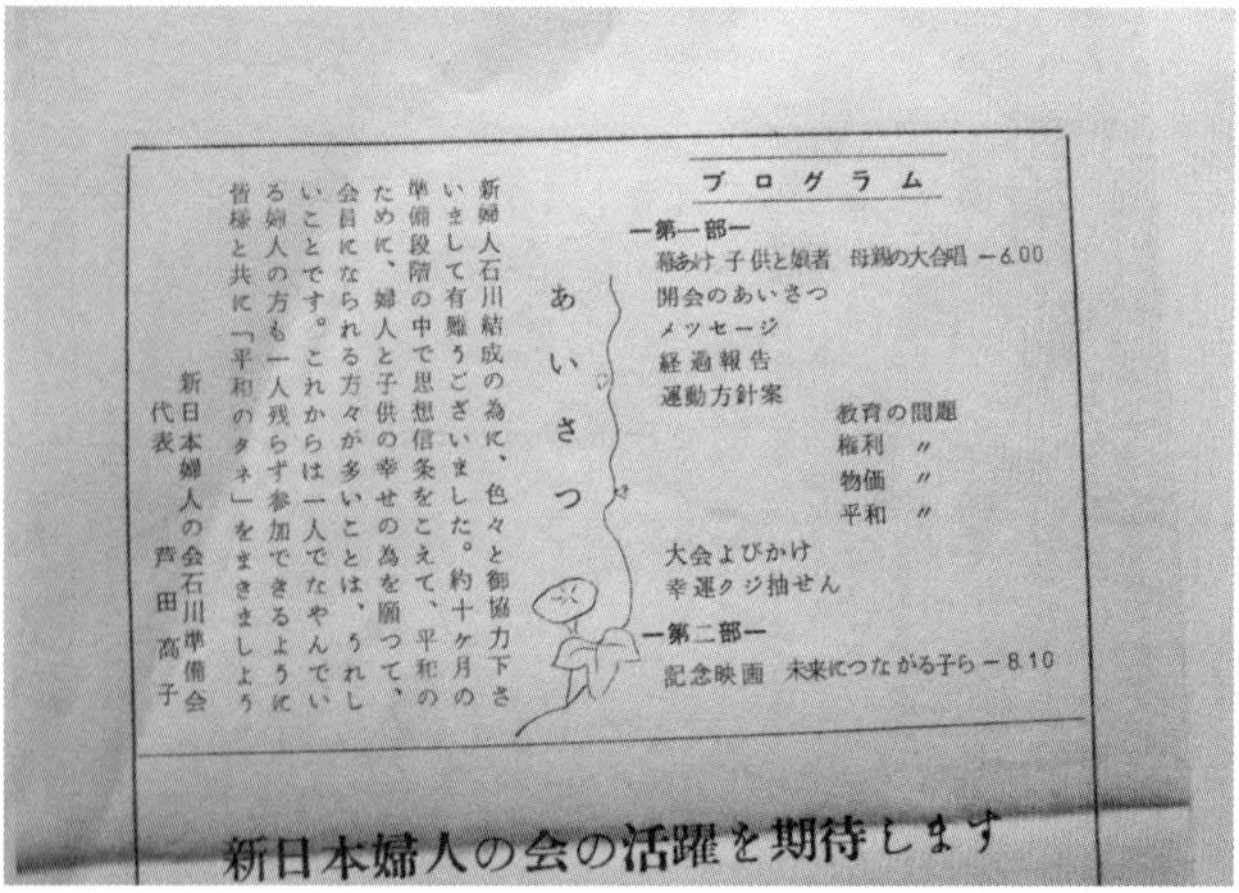

プログラム

―第一部―
幕あけ 子供と娘者 母親の大合唱 ―6.00
開会のあいさつ
メッセージ
経過報告
運動方針案
教育の問題
権利 〃
物価 〃
平和 〃
大会よびかけ
幸運クジ抽せん
―第二部―
記念映画 未来につながる子ら ―8.10

あいさつ

新婦人石川結成の為に、色々と御協力下さいまして有難うございました。約十ケ月の準備段階の中で思想信条をこえて、平和のために、婦人と子供の幸せの為を願って、会員になられる方々が多いことは、うれしいことです。これからは一人でなやんでいる婦人の方も一人残らず参加できるように皆様と共に「平和のタネ」をまきましょう

新日本婦人の会石川準備会
代表 芦田高子

新日本婦人の会の活躍を期待します

芦田高子のあいさつ文

ジに纏められていた。日本にどれだけ流通したか分からないが、内灘町の「歴史民俗資料館・風と砂の館」に収蔵されているほか、高子を母と呼ぶ星野尚美氏が所持し、一冊は東京の図書館にも保存されているという。

ソ連や中国で短歌の作品が翻訳、出版された例は、高子の作品を置いてほかにはないであろう。

ソ連で出版された芦田高子選集

しかしこの嬉しい出来事を故郷に眠る父たちに知らせたいと帰郷する旅が自分自身の悲しみの旅になってしまう。

昭和三十八年（一九六三）十一月、「新日本婦人の会石川県支部」立ち上げから一ヵ月後、父の一周忌に合わせて「新歌人津山支部」の歌会を開くため金沢を発つ。故郷は秋も深まり、稲穂は黄金色、畦にはコスモスが咲き、曼殊沙華が炎の色を成していた。

すすき穂も川も光れる作州の
秋帰り来て堪え難き思惟

地の炎上ぐる色して曼殊沙華
　　年ごと咲くを野にたしかめつ

故郷の歌人と過ごした歌会も終わり、一周忌の法要も、墓下の家族への報告も終わって金沢へ帰る途中の神戸駅で、高子はふと駅弁を買おうと思った。急いで支払いを済ませたところ、列車が動き始めた。慌てて手すりにすがり、タラップに足を乗せようとした一瞬、踏み外していた。
十二月二十一日午後七時二十四分のことだった。

非常なる線と線とが容赦なく
　　わが肌を噛みつ骨折の瞬
挟まれし身を揉ませつつ列車やる
　　人間軽視は政治に通う

動き出した列車から線路下へ転落。そのまま昇天したかもしれない。その瞬間を歌にする。高子の短歌にかける執念。灼熱の歌人と呼ばれる所以であろう。

左胸部肋骨三本、左鎖骨一か所、右胸部肋骨三本、右鎖骨二か所、右肺部肋骨五本の計十一本と三か所骨折、顔、腕、足など五体が無数の傷に苛まれた。

わが買いし駅弁の白き箱散るを
　長き記憶となして骨疾《や》む

何時眠り何時覚めしともなきうつ肋、
　鎖骨違和の音させて止む

まる二十日間坐ったままだったという。全身ぐるぐる巻きの包帯姿で、打撲と骨折による胸、背中、肩と心臓、呼吸の苦しさに耐えた。奇跡的に命はとりとめたものの治療に約八ヵ月を要した。やっと仰向きに寝れた時の嬉しさは例えようがなかった。

玩具の犬ギブスの胸にのせ伏して
　三週目にする仰臥よ仰臥よ

神戸の病院から、金沢の病院を経て退院。五十七歳になっていた。

戦いの原点

令和三年（二〇二一）十月、星野尚美は金沢市内の友人宅を訪ねた。友人が新築の家に引越しすることになり、預けていた母・芦田高子が残した本や資料などを引き取るためであった。

　高子が毎号書いていた「新歌人」の編集後記によると、金沢市の玄蕃町から小立野の借家に引っ越した時は、歌弟子など十三人がかりで大量の本や資料を運んだとしているが、それらの多くがどこへ運ばれたのか星野は知らなかった。外国から帰ったときは、ミカン箱ひと箱に収まる分量になっており、長い入院生活などによって処分されたものと考えていた。

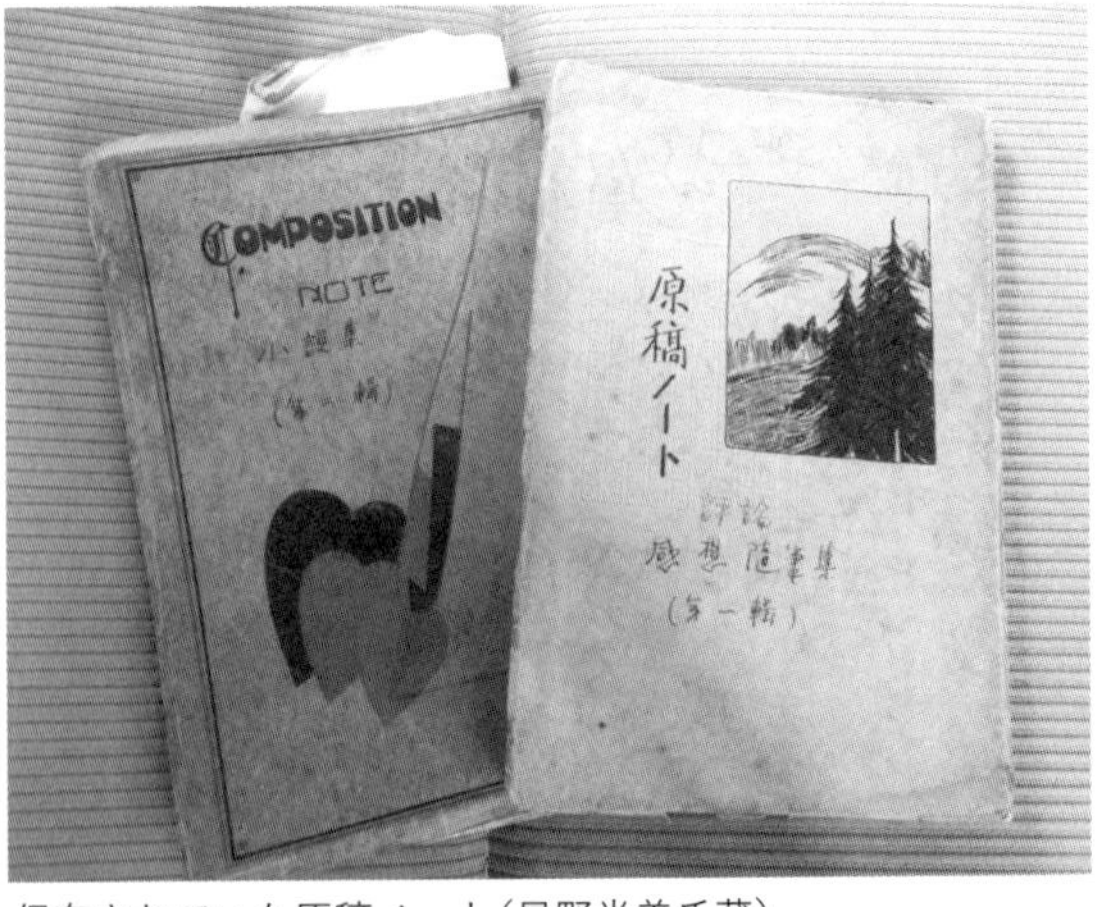

保存されていた原稿ノート（星野尚美氏蔵）

ミカン箱の中には、高子が愛読していた万葉集をはじめとする古典、交流のあった瀧川幸辰、深尾須磨子、佐多稲子らの著作物や植物図鑑など多種にわたる本、新聞の切り抜きや書きつぶしのメモ、それにB5判でマス目が入った二冊の原稿ノートがあった。一冊は、昭和四年（一九二九）の日付がある梅花女子専門学校二年の時に、師に褒められたとする井原西鶴の「萬の文反古」の研究論文のほか、昭和八年（一九三三）の日付がある雑誌に投稿した「百人一首の正確な読み方」を説く原稿など六編が収められていた。それらは一編、一編マス目に丁寧に入れられているページや何度も修正したページもあり、苦闘の有様が伺える。

　もう一冊の原稿ノートは小説集の一部で、未発表の短編小説『彼女の月給』と、小説『出征』

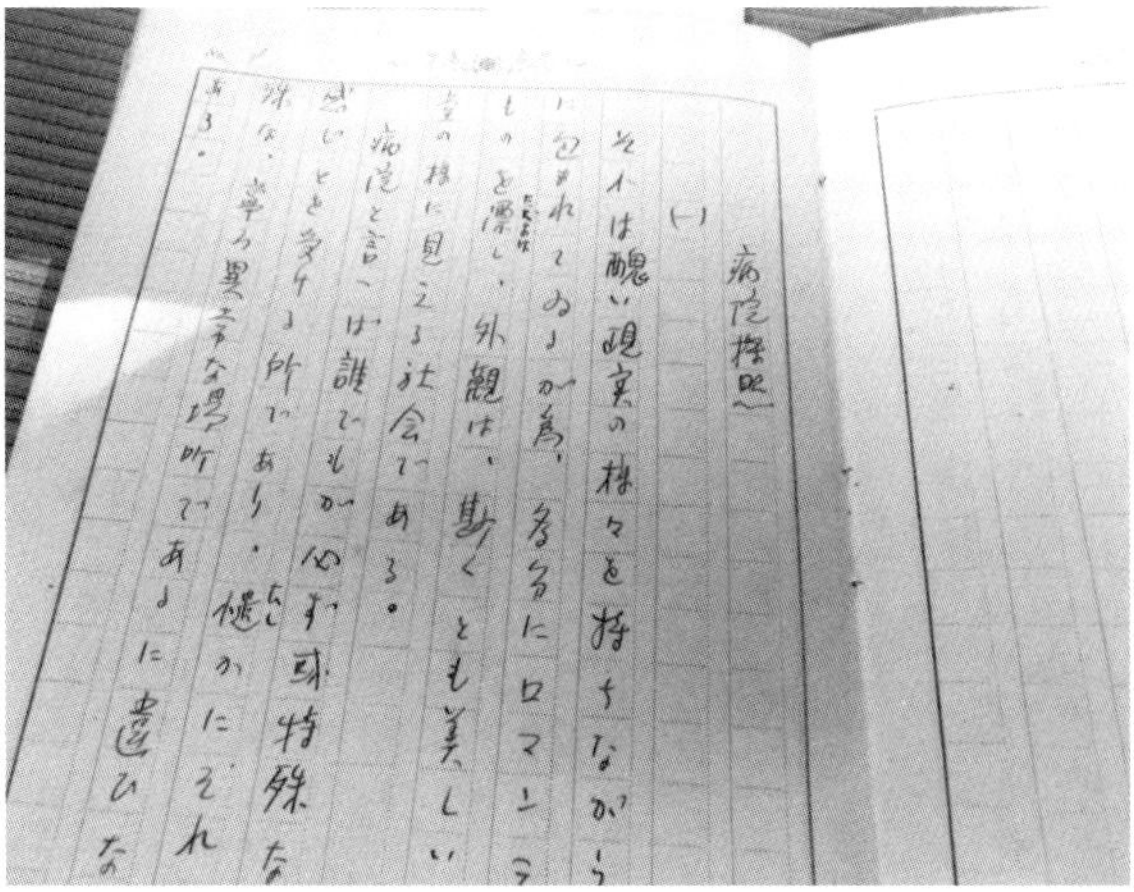

保存されていた原稿ノート（星野尚美氏蔵）

の中に収められている中編『病院探訪』の原稿であった。いずれも高子が能登へ行く前の大阪時代に書いた原稿ノートで、高子の短歌を目指す基点として大切にしていたものであろうか。

また走り書きのようなノート片も多数あった。歌会で批評するために、弟子たちの歌評をメモしたものと思われる。高子は、秀麗な文字で自作の歌を記し、弟子たちにも記念に贈っていたが、見つかったメモの中には判読も難しいものが混じっていた。晩年になって限界を感じながらも歌評していた時があったのであろうか。

このほか「内灘闘争」のころ、盛んに歌われていた高子作詞・清藤武二作曲の『はげしき思い』の歌詞と楽譜も含まれていた。歌詞は三番まであった。

黒潮のとどろき高くかき立つる
　　思ひかならず人にとどけよ
音にいでて物を言わざるはげしさは
　　（ひとよ）ひかりて蛍つかれず
くさぐさの色に染めたる糸あやに
　　かがりし手毬はずみてあがれ

星野もこの歌を聞いた記憶はあったという。

資料整理の最中、星野は「内灘闘争」で高子と共に闘い、今も健在な画家夫妻に母の歌碑建立のプランを報告していなかったことを思い出し、内灘に住む杉村夫妻を訪ねたいというので同行した。

星野は、『歌集 内灘』の復刻版を発刊した時に画家の杉村雄二郎さんに挿絵を描いてもらっていた。

電話で連絡を取っていたことから、奥さんの杉村竹子さんが家の表まで迎えに出てくれていた。

杉村夫妻は、北陸鉄道に勤めていた時「内灘闘争」に遭遇し、反対運動が縁で結婚する。雄二郎さんは、十九歳の鉄道の労働組合員。竹子さんは、バスの車掌で二十歳。雄二郎さんは米軍の軍需物資運搬拒否ストに参加。竹子さんは、青年団の一員として着弾地や鉄板道路での座り込みなどに積

杉村雄二郎さん(89)と杉村竹子さん(90)

極的に参加していたころであった。

「権現森に座り込んでいた時、近くの砂浜に砲弾が着弾して砂が飛び散った。けど怖くなかった」「内灘青年団の代表として国会に陳情に行ったこともある」「十三歳のとき、富山市がB—29の空襲を受け、空が真っ赤になったのを震えながら見たことは忘れられない。だから戦争に加担する砲弾の試射場は許せなかった」などと竹子さん。

「芦田高子さんは毎日座り込みに来ていた。芦田さんの歌は〝内灘闘争〟を凝縮している」「内灘では、おかかたちの力も大きかったが、村民や北鉄、外部の学生や労働組合の団結が運動を拡大した」「当時の内灘と今の沖縄の辺野古基地問題は共通している」などと雄二郎さんは話した。

当時の様子を話す杉村竹子さん

星野は七十年近く経っても、つい最近のことのように話す杉村夫妻に感動していた。それだけ内灘の人たちにとって「内灘闘争」は鮮烈な事件だったのである。

竹子さんは、間もなく九十歳。雄二郎さんは八十九歳。竹子さんは地域のボランティアとして活躍し、雄二郎さんは画家になり、地域の「二水会」という絵画グループの副会長として後進の指導に尽くしている。

夫妻は内灘闘争の後も、核兵器に反対する原水爆禁止運動や沖縄返還運動などに参加し、女性の権利拡大、平和運動に奔走した高子と心を通わせた。

雄二郎さんは「芦田さんは、日本に原爆を落としたアメリカを嫌い『歌集・内灘』でもアメリカを憎む歌を何編か詠んでおられます」と話し、遠くを見るまなざしを見せた。

祖国に米兵がゐるよまさにここに
　わがもの顔に砲とどろかし

当時を記録した『証言・内灘闘争』
（平成15年・50周年記念で発刊）

砂の上に射たれて死にし鳥のみか
　　易易たらむかかる殺戮のさま

高子はベトナム戦争でも、アメリカの攻撃にさらされる北ベトナムの女性兵士に民族の被害者意識を重ねている。

長びけど士気いよいよにベトナムの
　　兵と娘らありいずれも痩せて
朝鮮を中国を分かち沖縄、ベトナムを
　　分かつ無礼よ有色蔑視に

高子は世の動きにことごとく目を向けていた。社会が変わらない限り、女性が解放されない事実を自身の体験の中に見ていた。

その高子を突き動かす源流は何か。星野は資料の中にあった一冊のボロボロになっていた本を見直した。

ゲオルク・ジンメル著　阿閉吉男訳『戦争の哲学（鮎書房　一九四三年）』。

ジンメルはドイツの哲学者であり、社会学の先駆者。日本での翻訳本は昭和十八年に発刊されているが、高子はそれをいち早く手に入れ、各所に線を引いていた。

社会学は比較的新しい学問で、日本では明治初期にヨーロッパから導入された。戦前、戦中の社会学は、「社会は一つの有機体であり、国家を存続させるために個人はある」という全体主義的な社会観が主流であった。これに基づき当時の社会学は〝滅私奉公こそ国家を存続させる〟という論理を構成していた。

これに対してジンメルの社会学は、「絶対的な物事は存在しない。社会は実態ではなく、人々の結びつきで構成されている。従って男性だけの社会は存在せず、女性の存在があって初めて社会は成り立つ」と主張し、全体主義的な社会観に異論を唱えた。

高子は、このジンメルの説く社会学の中に自分の奥深くにある考え方を見つけたのではないか。

親しかった瀧川幸辰や深尾須磨子の考え方の中に共通するものを見つけ、彼らの著作物を最後まで大切に保存していたのではないか。

星野は、ミカン箱ひとつになった資料の整理を通して、高子の戦いの原点を改めて思い知ったという。

辞世の譜

昭和四十三年（一九六八）秋、高子の第四歌集『兼六園』百八十二首（新歌人社）が出版された。岡山の「後楽園」、水戸の「偕楽園」と並ぶ日本三大庭園の「兼六園」を、高子は百八十二首の連歌と一編の詩で綴ってみせた。六十一歳であった。前年の胆石症の手術で身体に打撃を受けたものの意気軒高であった。

高子の一番弟子であり、後に高子の後を継いで「新歌人社」を主宰することになる上川幸作氏は「金沢を愛し、四季の兼六園を隅々まで詠い、金沢の歌壇に最も大きな影響を与えた作家」と師を評した。

日本三大庭園・兼六園（金沢市）

高子自身も「あとがき」の中で「戦後のある時期、東京に住まおうかと思ったことがあったが、いざとなってどうしても決心がつきかねた。金沢を去ろうかと思ったとたんに、まず兼六園と離れることが、第一の悲しみとして強く私の心を占めた」と述べ、自身の生活の中に溶け込む兼六園について記している。

しかしこのころから体調が次第に衰え、物忘れが多くなっていく。

信じ難き身の部分より明らかに
　人間拒否へ堕ちてゆく日び
独りして守る家の窓多ければ
　わが閉す心の部分ともなる

昭和四十六年（一九七一）秋、第五歌集『白き魔』千百八十九首（北国出版社）を出版。六十四歳。その三ヵ月前の七月には、歌誌『新歌人』の「創刊二十五周年記念大会」が開かれ、金沢市内の尾山神社境内に記念の歌碑が建立された。歌碑は高さ二・五メートル、幅一・二メートルの鞍馬石に、高子の肉筆が刻まれている。

山くわの白き十字のはなびらを
　　うつすことなき水のさわだち

　この歌は昭和三十一年(一九五六)、四十九歳の初夏に詠まれた。前年には金沢市議選に立候補し、第一回日本母親大会や第一回原水爆禁止世界大会に参加するなど精力的に活動範囲を広げていた頃で、筆に勢いがあり、一気に書き上げたような筆致である。

　除幕式で歌碑の横に立つ高子は、乱菊をあしらった裾模様の黒い留袖の正装で臨んでいる。多くの歌弟子たちに囲まれ晴れやかな日であった。

　十一月には北陸の栄誉賞「第二十五回北国文化賞」を受賞する。授賞理由に「歌誌『新歌人』

晴れの歌碑除幕式(昭和46年・尾山神社境内)

を主宰、情熱的作家活動と同人育成に努力する」と称賛の言葉が添えられている。

しかしその後高子の病状は進み、早発性脳軟化症にも侵された。

次第に記憶を失い、ついには呆けて言葉をなくし、鳥のような音しか出せなくなっていく。それでも歌は次々と生まれていた。

一本の髪透かしいる悲しみは
　胸に蔵いて或る日語らず
指先に汚穢《おえ》のごとくも摘まみつつ
　わが分身の一毛を捨つ

昭和四十九年（一九七四）暮れ、高子が最も信頼していた上川幸作氏の手による『芦田高子選集（北国出版社）』が出版される。第一歌集の『流檜』から第六歌集『白き魔』、そしてそれ以降の作品まで四千首が収められていた。

このときすでに高子の病は重く、面会もできない状態になっていた。それでもこの選集の最後を飾る昭和四十九年作の歌が二十首も録られていた。

三十年も一緒に歌を作り、高子の『新歌人』の刊行を支え続けてきた上川氏は、『芦田高子選集』のあとがきに「生活詠、叙景歌、心象詠など〝芦田高子短歌〟のすべてを網羅できたことと、師芦田高子に報ゆべき悲願のひとつが達成出来た慶びに私は胸を熱くした」と、弟子としての責任を果たした喜びを記している。

人の顔も識別できず、付き添いがなければ歩くこともできなくなっても、高子は紙に向かって歌を書き続けていたという。三年の間看病し最後まで付き添っていた上川氏は、判別できないほど乱れた文字で書き記した歌三首を記録し、選集最後の二十首の中に加えていた。

新しき歌の末踏に至らむと
　生き来し姿樹ならば何か
三十貫背負えるものをそのままに
　耐えざる時は打ち捨てむとす

そして

まぶしかる夏野のみどり照る昼の
雑草《あらくさ》といえど花はおごれり

昭和五十四年（一九七九）三月十三日、石川県済生会病院で、高子は息を引き取った。七十一歳。踏まれても、折られても、雑草のごとく生き、飽くことなき歌にかけた執念。この歌が最後の歌となった。

悲願の歌碑建立

北陸に大雪をもたらした寒波とクリスマス寒波の間を縫って寒さが一瞬緩んだ二〇二二年十二月二十二日。内灘・権現森の「砲弾着弾地観測所跡」で、高子の歌碑の除幕式が行われた。

権現森での建立に難を示していた内灘町が「内灘闘争七十周年」を機に折れ、ようやく星野の十年に及ぶ悲願が実ったのである。

知らせを受けて急遽内灘へ向かった。

積もっていた雪が前夜からの雨でほとんど消えた北陸鉄道・内灘駅の前で、除幕式に向かう小型の自家用車に乗った二人の女性が待ってくれていた。

『反戦平和の歌〜芦田高子「内灘」〜』、『大地の歌――長塚節・芦田高子』など著し「泉鏡花記念金沢市民文化賞」など受賞した農民作家・安田暁男（速正）さん（故人）の妻俊子さんと、妹の石田美智子さん。二人は、高子の歌弟子であり星野とも交流の深かった安田暁男さんに代わって、歌碑建立を祝おうと金沢から出向いていた。

雨の中、内灘駅から権現森まで約十五分。白樺と合歓の林の中の会場は紅白の幕で仕切られ、その上に雨を避ける透明のテントが張られていた。星野尚美のほか、画家の杉村雄二郎さんと妻竹子さんら地元の有志の人たちが準備にあたったという。

除幕式には、権現森に約四十日にわたって坐り込んだ〝おかか〟や村の人たちも集まり、まるで同窓会的な雰囲気。それに町長をはじめとする町の関係者らも加わり、出席者は約三十人と、用意されたテントの中はあふれかえるほどになった。

歌碑は白い布で包まれ、両脇を紅白の綱で結ばれていた。

悲願の歌碑建立（令和4年12月22日・権現森）

式では内灘町の桐山一人教育長が司会を務め、「内灘闘争七十周年を記念して、闘争を叙情的に詠い世界へ発信した芦田高子さんの長男の星野尚美さんと、町の有志の方々の努力でこの現場に歌碑が建立された」と趣旨を告げ始まった。まず主催者を代表して星野尚美が「七十年前、〝おかか〟を中心にした約二百人が坐り込んだ、まさにこの場所に、母芦田高子の歌碑が建立出来て感慨深い。村を想い、家族を想う〝おかか〟たちの闘いは純粋だった。一緒に座り込んだ母が詠った歌集『内灘』が如実にそれを表している。歌碑は、五百年はこの状態が保たれると石材店が保障してくれた。平和を願い運動に立ち上がった〝おかか〟たちの思いが次代に語り継がれることを願う」とあいさつした。

続いて川口克則町長が「内灘闘争で、声を上げた村の人々の思い、芦田さんの歌の思い、今日集った皆様の思いを内灘の誇りとして町政に生かしていきたい」と述べ、〝おかか〟の代表として大丸文枝さん、支援にあたった労働組合を代表して北鉄労働組合の的場勝也さん、文化団体を代表して杉村雄二郎さん、元町長の岩本秀雄さんら八人が紅白の綱を引き除幕した。

現れた歌碑は高さ一・三メートル、横幅九十センチ、奥行き三十センチの白御影石製で、表面には決死の覚悟をもって闘った〝おかか〟の思いや平和を願う高子の歌三首、裏面には「内灘闘争の歴史と、その意義が永く語り継がれることを祈願する」と刻まれていた。

高子が逝って四十三年。星野が歌碑建立に着手して十年。「着弾地観測所跡」（町指定文化財）への歌碑建立を拒否してきた町当局が闘争七十周年という節目を大切にして舵を切った。

人々の思いが実った日となった。

除幕式の後、歌碑建立を切望しながらこの現場に立てなかった安田暁男さんの思いを果たそうと、妻の俊子さんは持ってきた安田さんの遺影を歌碑の横に近づけた。

安田さんは著書『反戦平和の歌～芦田高子「内灘」～』の中で、第四章に「『内灘』の平和精神　芦田高子の歌碑建立を祈願して」という項目を立て、〝おかか〟たちが命を懸けて座り込んだ現場にこそ歌碑が必要と説いた。そしてその章の最後に「平成二十八年の内灘町、今年こ

歌碑建立を祈願した安田暁男さんの著作

建立された歌碑に夫の遺影を翳す安田俊子さん

そ、芦田高子の歌碑が立つよう期待します。高子師の平和精神、優しさ、いのちについて、歌碑からも学びたいと思います」と結んでいた。

安田さんはこの著作が発刊された二ヵ月後の平成二十八年（二〇一六）七月二十一日、歌碑を見ることなく旅立った。

妻の俊子さんは遺影に「お父さん、よかったね」とそっと話しかけていた。

この除幕式の模様は、翌日の北陸新聞を始め、読売新聞、朝日新聞など各紙が大きく取り上げた。内灘闘争に果たした高子の功績が今なお高く評価されていることを表している。

除幕式を各紙が掲載

エピローグ

高子の魂は故郷の大那岐の懐に帰っていた。

わが前に立ちはだかれる大那岐の
　　山の偉大の肌に叫ばん

高子は喜びに満ち溢れた時も、悲しみに打ちひしがれた時も、生まれ故郷の大那岐を詠んでいる。そのため弟子たちに大那岐を恋い慕った師と語られた。その大那岐を見上げる芦田一族の墓地に高子は眠っている。黒御影石の墓石に「歌人芦田高子之墓」と金文字で彫り込まれ、左横に尾山神社境内の歌碑と同じ「山くわの歌」が添えられてい

那岐山を望む高子の生誕地　津山市西下（旧勝北町新野西下）

る。

裏面には高子の略歴。右横には法名――白蓮院妙華日高大姉。昭和五十四年三月十三日没、行年七十二歳とある。高子の墓に寄り添うように父喜之輔、母多け、姉久子の墓が並んでいる。高子にとって生まれ故郷が、やはり安住の地となった。

生家は姉久子の長男紀（故人）の代に建て替えられ、現在は紀の妻茂登江さんと長男の一男氏が芦田家を継いでいる。

高子が死亡した後、遺品の大半は、高子が東京の拠点にしていた姪（姉久子の長女敏子）が引き取り、その後生家に移されたことから、多くが芦田家に保存されている。遺品の中には、高子が大切にしていた小学校時代から晩年までの記念写真やスナップ写真、『万葉集』や『古今

芦田高子の墓（津山市西下）

和歌集』などの古典、原爆や沖縄に関する書物や植物図鑑、それに大量の植物の写真や標本なども含まれている。高子は万葉集に登場する百五十余種の植物、いわゆる「万葉植物」の研究にも熱心で、金沢の街並みを見渡す卯辰山に「万葉植物園」の創設を計画。行政に請願し、見取り図の青写真まで出来上がっていたが、資金難などから断念せざるを得なかったという。

茂登江さんは「叔母は忙しい人で、偶に帰っても一晩泊まってすぐ次の会場に向かっていた。優しい人で私たちにいろいろ気を使ってくれていたが、両親も姉もいなくなった後は寂しげだった」と話した。また一男氏は「高校生だったころ東京の叔母の家で会ったのが最後だった。叔母から受け継いだ膨大な資料を、この先どうすれば良いのか悩んでいる」と話している。

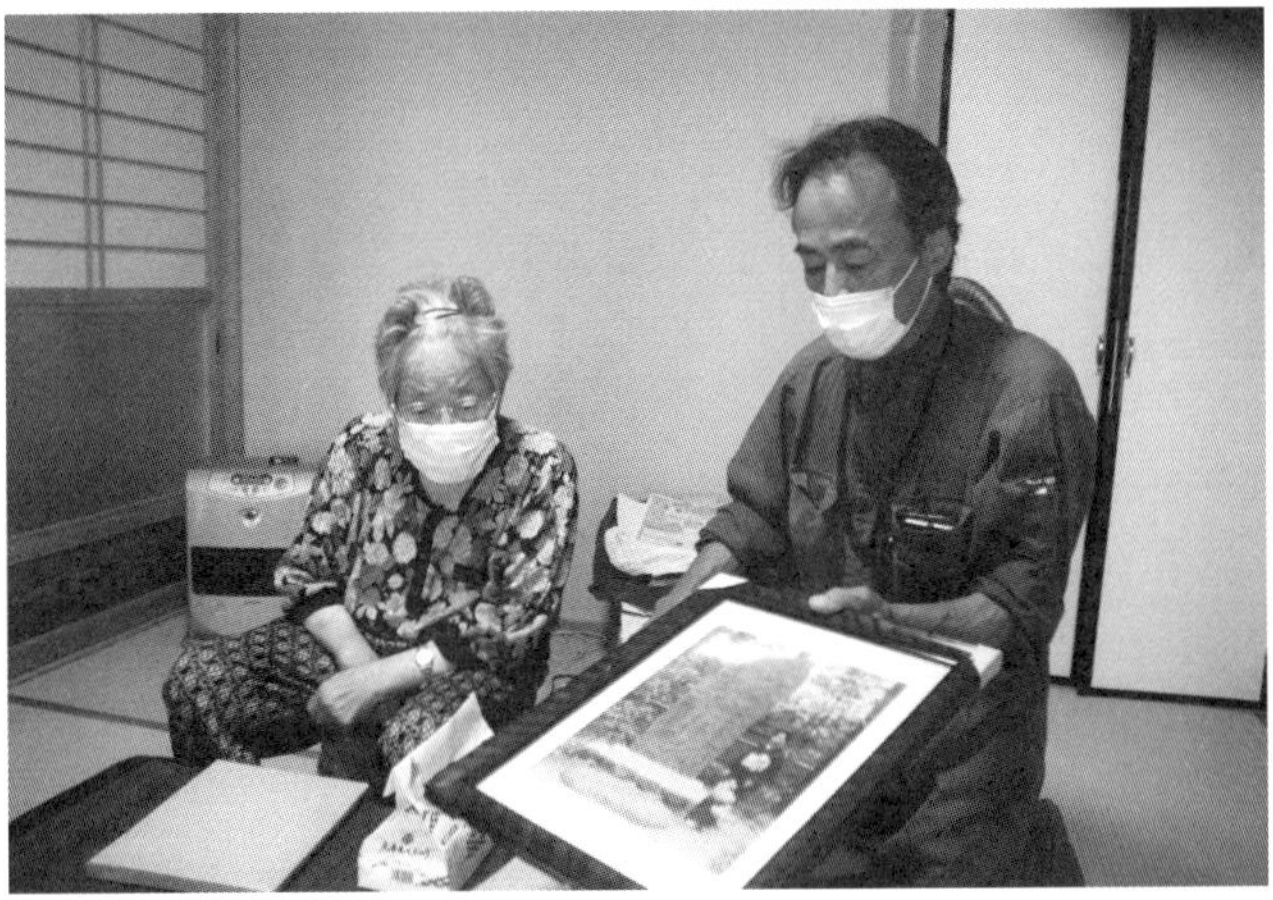

芦田茂登江さんと長男一男さん

高子の主な活躍の舞台は北陸であったが、故郷の津山の地にも確実にその足跡は記されている。

高子の生家近くの「風の里公園」には高子の歌碑がある。

風の宮と風吹く山を怖れたる
幼な日につづく野菊野の花

高子が幼いころ見上げていた静かで雄大な山は、夏の終わりから初秋にかけて吹き下ろす〝那岐おろし〟の強風で大きな災害をもたらす恐怖の対象でもあった。歌碑は同郷の元勝北町役場の助役を務めた河本敦さんが費用を負担し、勝北公民館の協力を得て平成二十六年三月に建立。

歌碑建立など　高子を顕彰する河本敦さん

歌の字は、全日本書芸学院理事長で、河本さんの親戚筋にあたる書道家西野玉龍氏の手による。河本さんは、世界に名が知られた歌人芦田高子が故郷でもっと評価されねばならないと考え、平成二十四年（二〇一二）に「芦田高子特集展」を企画して地元の勝北図書館で開催し、評価を高めた。さらにそのとき収集した資料を基に『ふるさとが生んだ情熱の歌人・芦田高子』という冊子を発刊。勝北図書館では、今もその冊子の貸し出しが行われている。

また高子が死去した翌年の昭和五十五年（一九八〇）には、歌弟子や津山市文化協会の人たちによって大那岐を望める津山市の丘に歌碑が建立された。碑面には、「新歌人津山支社」が創立された昭和三十二年に詠んだあの歌が、高子の肉筆で刻まれている。

津山市丹後山に歌碑建立（昭和55年　津山市文化協会）

ふるさとをよぶこゑにあふれゐる時も
晴れて静かなり春の大那岐

昭和五十七年（一九八二）には、津山市で作陽音楽大学（現在倉敷市）の劇団「つくし」による創作オペラ『鳥語をあなたに』が上演された。津山市の郷土作家山田美那子氏の脚本、中村直樹氏作曲で作陽音大の学生たちで演じ、記憶を失うまでの高子の半生を描いた。

かつては六十名を超える会員がいた「新歌人津山支社」も、高子が不治の病に倒れて以後次第に衰えて遂に壊滅。指導を受けた人々も、百歳を迎えた影山ミツさんら二、三人しかいなくなった。その影山さんも寝たきりで会えなかったが、河本さんが発刊した『故郷

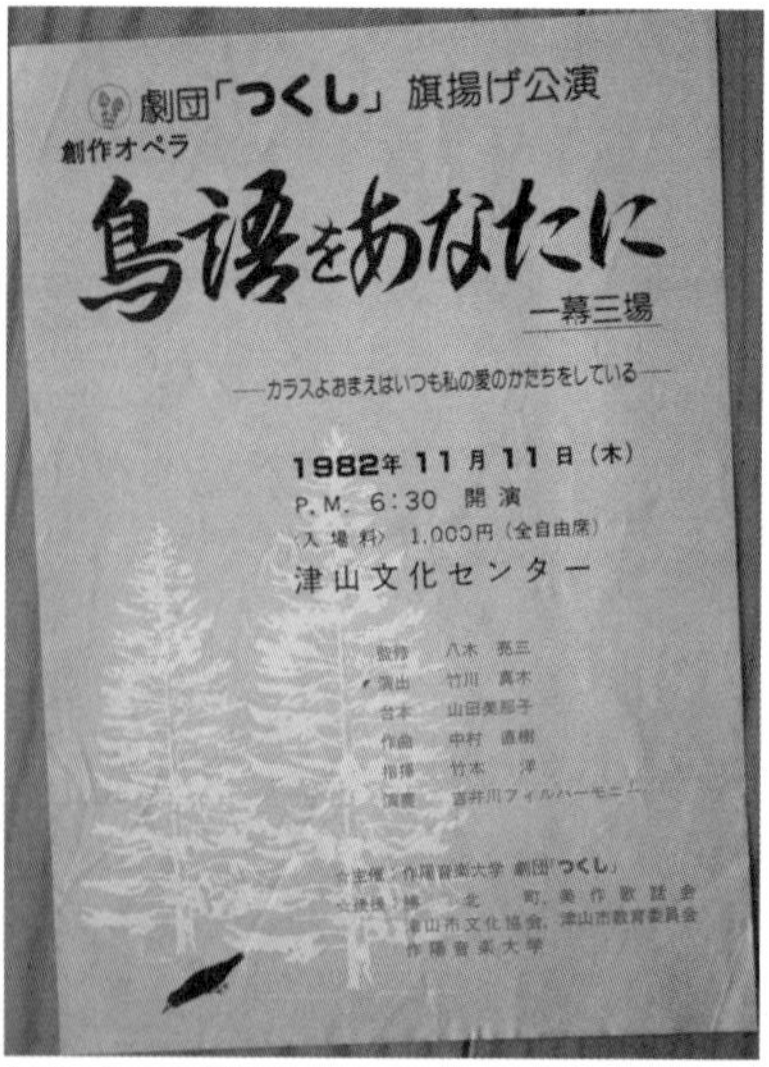

創作オペラ『鳥語をあなたに』のパンフレット（昭和57年公演）

が生んだ情熱の歌人・芦田高子』に「昭和三十七年五月の想い出」という一文を寄稿していた。

（前略）津山の新歌人の会に来て勝北に立ち寄られた彼女である。ソヴィエトを視察した話や、万葉集の例歌を引いて、古来短歌は叙情歌ばかりで戦いや恋の歌が殆どで、その後叙景歌が出て来た、人それぞれ得手、不得手もあるから言い易い方法で自由に何でも歌いなさいと言われた歯切れのいい、つややかな声であったことも印象に残っている。翌年三月にも勝北の会にも来られ、分かり易いいい歌評をしていただいたが、思想的に抵抗があったというわけでも無かったと思うのに入会する者もなかった。しかし翌月の『新歌人』に〈勝北集〉として三十名の歌を載せ送られて来た

と綴り、高子の誠実な性格を言い当てている。

高子を知る人が少なくなる中で、河本さんは顕彰活動の存続を心配し、資料が散逸しないうちに「芦田高子記念館」を建設し、「オペラ・鳥語をあなたに」の再演を夢見ているものの、残念ながらオペラの台本と譜面すらまだ見つかっていない。

令和四年（二〇二二）は、高子が〝おかか〟たちと戦った「内灘闘争」から七十年。沖縄返還から五十年。そして敗戦の絶望と希望の中で生まれる「平和憲法」が施行されて七十五年の節目の年に当たる。

その年に、ロシアがウクライナを侵略してまた戦争が起こった。内灘闘争の発端となった朝鮮戦争はまだ終わっていない。これらの戦争に触発されてか、日本では平和憲法改正の声を高め、戦争をするための軍事費を増強する動きが強まっている。まるで「戦前」が足元に忍び寄る恐ろしささえ覚える。

「過去を忘却することは、過去を繰り返すことを運命づけられている」という諺がある。

歴史から何も学ばない人が現れるのはどうしたことか。

「内灘闘争」を象徴する権現森に、高子の歌碑建立をと執念を燃やした星野尚美はこう述べている。

「雑草のように生き、短歌で女性の権利拡大、核廃絶、世界平和を詠った歌人・母芦田高子の果てしない戦いを単なる女性の個人史で終わらせたくなかったのです」と。

終

あとがき

「歌人・芦田高子のドキュメンタリーを作ろう！」と二度思い、実現していなかった。最初にそう思ったのは昭和五十七年（一九八二）八月の暑い日、詩人の松永伍一さんと雑談していた時であった。

当時松永さんは、岡山放送が初めて全国ネットで放送したドキュメンタリー・ドラマ『涙で絵具を……愛の旅びと・夢二』の原作を創るため、岡山の山荘に籠っていた。

この番組は、岡山放送の開局十五周年記念番組として、生誕百年を迎える竹久夢二を描こうと企画し、俳優であり、画家でもある米倉斉加年さんに企画書を持ち込んで相談し実現した番組であった。

米倉さんは、夭逝した天才画家・青木繁をテーマに松永さんと組んで『炎の海』をＮＨＫで放送した直後で、「夢二も描きたかった。原作を松永さんにお願いし、脚本とドラマ部分の演出は私の初めての作品にしたい」と積極的に賛同して下さり、その日のうちに松永さんに電話して制作をスタートさせた。松永さんも、いつか米倉さんと夢二を描きたいと考えて早くから構想を練っていたということで、企画書を持ち込んで二ヵ月後には岡山で書き始めるというスピードであった。

番組は一年後の昭和五十八年（一九八三）九月二十四日午後二時三十五分から七十五分番組としてフジ系列全国十六局ネットで放送した。私がプロデュースした初めての大型番組でもあった。


松永さんはこの作品を手掛ける四ヵ月前に、壮絶な生き方をした日本の芸術家、芸能者八人を選んで、その生きざまに迫る『供花の旅（一九八二年　文化出版局）』を書き上げたばかりであった。その八人の中に芦田高子を取り上げておられた。

松永さんは、『供花の旅』で取り上げた八人の故郷、人生の舞台をまるで巡礼のように訪ね、多くの人と対象者について語り合ったという。

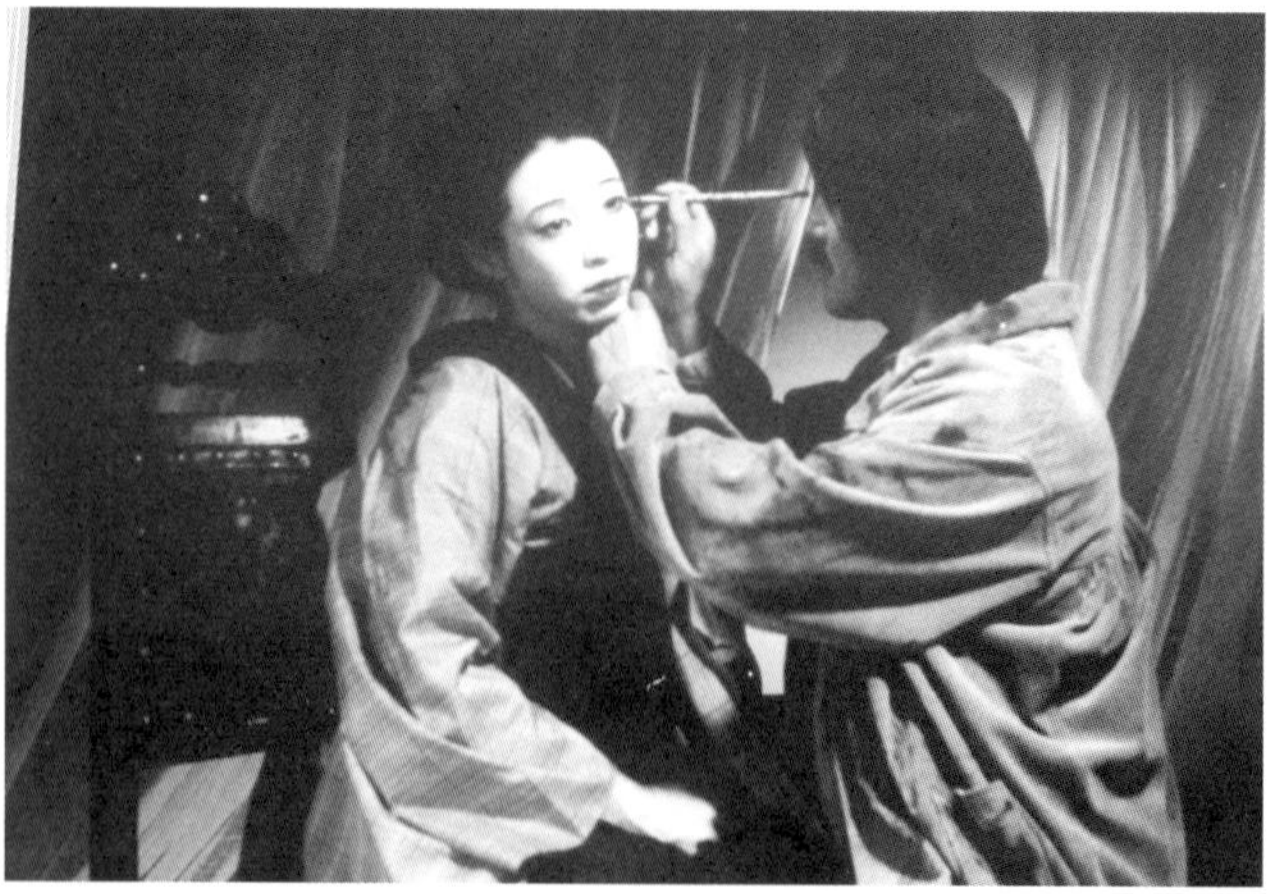
『涙で絵具を…愛の旅びと・夢二』（岡山放送　昭和58年放送）

芦田高子の場合は「内灘闘争」から二十八年後の昭和五十六年（一九八一）に金沢を訪ね、内灘を旅して、私がお会いすることができなかった高子の後継者の上川幸作さんに〝正義の火柱〟をあげた高子の生きざまを直接聞き、『北ぐにの向日葵――歌人・芦田高子』としてまとめられていた。

雑談の中で松永さんは「〝昭和の与謝野晶子〟と評されたそうだが、高子の方がより社会的で、庶民の立場を貫いた。二人に共通するのは情熱家だったことだけ。高子は怒りを噴きあげながら、それを虹に替えようとした人だった」と、高子を評された。高子が替えようとした虹はどんな虹だったのか、同郷の身として探してみたいとそのとき思った。

二度目は昭和六十二年（一九八七）に一年間十二本制作、放送した『ふるさとドラマ』（週一、三十分）で津山を舞台にした『おばあちゃんの童歌』の脚本を書いていただいた郷土作家の山田美那子さんと打ち合わせ中に、津山市文化協会の手で芦田高子の歌碑が建立されたことを聞き、歌碑の建つ丹後山を訪ねたとき映像化したいと思った。

しかし二度とも企画倒れに終わり、番組化できなかった。

その後岡山の出身者で、各界で活躍された幾人かの評伝を書き、やっと今回芦田高子にたどり着いた。

高子の岡山での足跡は少ない。彼女が活躍した金沢、内灘の資料を探っている時、内灘町教育部スポーツ課の竹野史仁氏に芦田高子のご子息が歌碑建立を企画されているという話を伺った。

「芦田高子のご子息？」

それまでに読んだ彼女に関する本や論文、解説文の中で、子どもの話は目にしていなかった。

さらに

子を産まぬはすでに諦めて清居《すが》れど
一生《ひとよ》の仕事諦め難し（流檜）

と、子どもを諦めているかのような歌もあるため、子どもはいないと思っていた。しかし、この歌は婚家を去った翌年、昭和二十六年に発刊した最初の歌集『流檜』の中の昭和二十三年の作歌となっており、以後子どもがいないことに触れた歌は作っていない。とすれば、昭和二十三年以後子どもが生まれた可能性もあるのではないか。

ともあれ竹野氏の紹介で星野尚美氏と連絡を取り、本文に書いた通り、二〇二一年十月、金沢駅で初めてお会いすることができた。

星野氏は実直で正義感が強く、かつ行動的な人であった。

星野氏の話では、十年前に『歌集・内灘』の復刻版を自費で発刊し、さらに「内灘闘争」を象徴する砲弾着弾地観測所跡の権現森に母の歌碑建立を目指し、敷地を所有する内灘町と十年にわたって交渉しているということであった。

星野氏は昭和二十五年（一九五〇）富山市生まれという以外、出生について語らない。

しかし案内していただいた高子と一緒に過ごしたという家、尾山神社に建立された歌碑の高子自筆の原稿、高子が若いころ書いた小説の原稿ノートやメモなど高子の家族でなければ持っていないはずの物を星野氏は大切に保管していた。

また高子が愛した「兼六園」や、坐り込んだ内灘砂丘に詳しく、高子と共に闘った内灘町在住の杉村雄二郎、竹子夫妻とも高子の長男として交際されていた。

着弾地観測所跡で語る星野尚美氏（令和4年撮影）

やはり星野氏は高子の子息であろうと思った。

では、高子はなぜ子どもについて書いたものを残さなかったのか、高子について書かれた様々な文章の中で、子どもに触れたものがないのはなぜか。或いは書かれたものを私が発見していないだけなのか。

なお疑問が湧いてくる。

厳然とした事実は、星野氏が私財で「母」の血の叫びのような『歌集・内灘』の復刻版を刊行したことと、十年もの歳月をかけて〝おかか〟たちと一緒に座り込んで抗議した場所に、「母」の思いを刻む歌碑を建立し、「母の生きざまを単なる個人史で終わらせたくなかった」と語ったことである。

『芦田高子選集』を出版した高子の後継者上川幸作氏は、跋（あとがき）の中で「離婚

尾山神社境内に建立された歌碑の原稿を保存する星野氏

という不幸と悲しみこそ歌誌『新歌人』の発展、並びに歌人としての芦田高子の才能を発揮させることに皮肉にも大きく役立った」と指摘している。

その場所、高子が夫の裏切りに苦しむ中で生み出した最初の歌集『流檜』の舞台となった門野医院はその後どうなったのかも気になって、石川県鹿島郡鳥屋町良川（現中能登町良川）を訪ね、ようやく探し当てた。

そこに医院の看板はすでに無く、人の気配もなかった。その後の家族を知る手掛かりもつかめなかった。

高子が嫁いだ門野医院　廃屋になっていた（中能登町良川）

高子の足跡は三十年も生活した金沢に於いてさえ薄くなっている。芦田家に保存されている高子を語る多くの資料は、まだ分析も整理もされていない。

高子が挑んだ反戦平和、女性の権利拡大の闘いを、星野氏が語ったように単なる個人史に終わらせない方策はないものなのだろうか。

芦田高子　年譜

年代	年齢	略歴	社会情勢
明治四十年（一九〇七）	〇　歳	十月一日　岡山県勝田郡勝北町新野村西下に生まれる	三月　義務教育六年制に
大正二年（一九一三）	六　歳	四月　新野尋常小学校に入学	二月　第三次桂太郎内閣総辞職、第一次山本権兵衛内閣誕生
大正八年（一九一九）	十二　歳	三月　新野尋常小学校卒業 四月　同校高等科入学	二月　ポーランド・ソ連戦争開戦。三月　朝鮮半島で三・一独立運動。同月　コミンテルン創立
大正十一年（一九二二）	十五　歳	三月　同校卒業 四月　岡山県立勝間田高等女学校三年に編入	六月　高橋是清内閣総辞職。加藤友三郎内閣成立
大正十四年（一九二五）	十八　歳	三月　同校卒業、大阪に移住	二月　日本とソ連国交を樹立。四月　治安維持法公布。五月　普通選挙法公布
昭和二年（一九二七）	二十　歳	四月　大阪梅花女子専門学校国文科に入学	四月　若槻礼次郎内閣総辞職。田中義一内閣成立

年代	年齢	略歴	社会情勢
昭和五年（一九三〇）	二十三歳	三月　同校卒業 「婦女世界」編集部に入社	十二月　徴兵令改正・兵役法施行
昭和六年（一九三一）	二十四歳	五月　門野実（石川県出身）と結婚	九月　柳条湖事件で満州事変勃発。十二月第二次若槻内閣総辞職。犬養毅内閣成立
昭和十二年（一九三七）	三十　歳	盧溝橋事件から日中戦争がはじまり、夫・門野が出征	一月　広田弘毅内閣総辞職。二月　林銑十郎内閣成立。六月　近衛文磨内閣成立。七月　盧溝橋事件勃発
昭和十四年（一九三九）	三十二歳	七月　ペン部隊で安徽省蕪湖へ出張。九月『出征：小説集他五編』出版。門野が帰還。神戸パルモーア英学院に転職	一月　近衛内閣総辞職。平沼騏一郎内閣成立。五月　ノモンハン事件。九月　第二次世界大戦勃発
昭和十六年（一九四一）	三十四歳	十二月　門野二度目の出征	七月　第三次近衛内閣成立。十月　近衛内閣総辞職、東条英機内閣成立。十二月　大東亜戦争勃発
昭和十七年（一九四二）	三十五歳	一月　三省堂大阪支店出版企画課に就職	五月　日本文学報国会結成
昭和十八年（一九四三）	三十六歳	十月　門野が帰還。夫の故郷・石川県鹿島郡鳥屋町良川に移住。門野医院開業	十月　徴兵猶予廃止、学徒出陣始まる

年代	年齢	略歴	社会情勢
昭和十九年（一九四四）	三十七歳	五月　門野が三度目の出征	二月　決戦非常措置要綱閣議決定。七月　東条内閣総辞職、小磯国昭内閣成立
昭和二十年（一九四五）	三十八歳	門野が台湾から帰還し、門野医院再開	三月　東京大空襲。四月　小磯内閣総辞職。鈴木貫太郎内閣成立。八月　広島原爆投下。敗戦
昭和二十一年（一九四六）	三十九歳	一月　「良川短歌会」結成	一月　昭和天皇人間宣言。ＧＨＱ：公職追放指令。四月　新選挙法で女性衆議院議員三十九名誕生。第一次吉田茂内閣成立
昭和二十二年（一九四七）	四十　歳	八月　「新歌人社」創立。歌誌「新歌人」創刊、主宰	四月　学校教育法施行（六三三制発足）五月　日本国憲法施行。六月　片山哲内閣成立
昭和二十三年（一九四八）	四十一歳	四月　母多け死亡	三月　片山内閣総辞職、芦田均内閣成立。十月　芦田内閣総辞職、第二次吉田内閣成立
昭和二十四年（一九四九）	四十二歳	夫・門野と歌弟子で病院事務員との間に男子誕生	二月　第三次吉田内閣成立。中華人民共和国成立

年代	年齢	略歴	社会情勢
昭和二十五年（一九五〇）	四十三歳	九月　婚家を去り、金沢市茨木町二十六の旭アパートに移住	六月　朝鮮戦争勃発。七月　警察予備隊設置令公布。十月　GHQ追放解除
昭和二十六年（一九五一）	四十四歳	六月　正式に離婚、旧姓「芦田」に戻る。 十一月　第一歌集『流檜』五百三十三首出版（新興出版、装幀・丸木位里）	四月　マッカーサー解任。九月　サンフランシスコ平和条約、日米安保条約締結
昭和二十七年（一九五二）	四十五歳	丸木位里、俊夫妻と交流。盲聾学校学芸会に参加	四月　GHQ廃止、日本の主権回復。八月　抜き打ち解散。九月　内灘闘争起こる。十月　第四次吉田内閣発足
昭和二十八年（一九五三）	四十六歳	内灘闘争に参加 十月　『新撰六人集』九十首（長谷川書房）出版	五月　バカヤロー解散を受け、総選挙後第五次吉田内閣成立。七月　朝鮮戦争休戦
昭和二十九年（一九五四）	四十七歳	六月　第二歌集『内灘』（たたかひ三百二十五首、夢煙る村百二首、秋逝く浜百四十六首）発刊（第二書房）	三月　水爆実験で第五福竜丸被ばく。七月　自衛隊発足。十二月　吉田内閣総辞職、鳩山一郎内閣成立

年代	年齢	略歴	社会情勢
昭和三十年（一九五五）	四十八歳	四月　金沢市議会議員選挙に立候補、落選。六月　第一回日本母親大会・八月　第一回原水禁世界大会に出席	三月　解散後第二次鳩山内閣成立。八月　第一回原水禁世界大会
昭和三十一年（一九五六）	四十九歳	二月　金沢市玄蕃町三巡り二十番地に転居	二月　フルシチョフ、スターリン批判。六月　日ソ共同宣言。十二月　日本国際連合に加盟
昭和三十二年（一九五七）	五十　歳	一月三十一日　内灘試射場返還「新歌人津山支社」結成	二月　石橋内閣総辞職、岸信介内閣成立。七月　砂川事件発生
昭和三十三年（一九五八）	五十一歳		三月　フルシチョフソ連首相に就任。六月　第二次岸内閣成立
昭和三十四年（一九五九）	五十二歳	一月　第三歌集『北ぐに』六百八十四首出版(日本文芸社)	四月　皇太子明仁親王と正田美智子さん結婚。六月　沖縄・宮森小学校に米軍機墜落、十七人死亡
昭和三十五年（一九六〇）	五十三歳	「新歌人」十三周年記念大会(津山衆楽園)	一月　新安保条約調印。七月　岸第二次内閣総辞職、池田隼人内閣成立
昭和三十六年（一九六一）	五十四歳	三月　アジア・アフリカ会議出席。七月　姉久子死亡。九月　第一回訪ソ使節団員として一ヵ月間ソ連を訪問。この頃万葉植物園の造成に奔走	一月　ケネディ米大統領就任。四月　ソ連ガガーリン宇宙飛行士地球一周に成功

年代	年齢	略歴	社会情勢
昭和三十七年（一九六二）	五十五歳	十二月　父喜之輔死亡	六月　第六回参院選。十月　キューバ危機。新日本婦人の会発足
昭和三十八年（一九六三）	五十六歳	ソ連版『芦田高子選集』ソ連文化省が翻訳出版 新日本婦人の会石川県支部を立ち上げる 十二月　神戸駅で事故。全治八ヵ月の重傷を負う	一月　三八豪雪。十一月　ケネディ大統領暗殺される
昭和三十九年（一九六四）	五十七歳	三月　神戸から金沢の病院に転院 七月　石川県立病院退院	十月　東京オリンピック。十月　池田隼人首相退陣。十一月　佐藤栄作政権成立
昭和四十年（一九六五）	五十八歳	金沢市小立野四―十一―六に転居	六月　日韓基本条約締結。十一月　中国で文化大革命始まる
昭和四十一年（一九六六）	五十九歳	中国作家出版社『驚雷集』に『内灘』『北ぐに』が掲載	四月　メートル法施行。十二月　黒い霧事件で衆院解散
昭和四十二年（一九六七）	六十　歳	五月　胆石症で国立金沢病院に入院 六月　退院	二月　第二次佐藤内閣成立。六月　中国が初の水爆実験
昭和四十三年（一九六八）	六十一歳	『兼六園』百八十二首と詩一編出版（新歌人社）	八月　フランスが水爆実験。六月　小笠原諸島が日本復帰。十月　明治百年記念式典

年代	年齢	略歴	社会情勢
昭和四十四年（一九六九）	六十二歳		二月　金沢市内に自衛隊機墜落。十二月　第三十二回衆院選。七月　アポロ十一号月面着陸
昭和四十五年（一九七〇）	六十三歳		三月　大阪万博開催。六月　日米安保条約自動延長
昭和四十六年（一九七一）	六十四歳	七月　尾山神社境内に歌碑建立 十月　『白き魔』千百八十九首出版（北国出版社）十一月　「北国文化賞」受賞	六月　沖縄返還協定調印
昭和四十七年（一九七二）	六十五歳	十月　「新歌人」創刊二十五周年記念の合同歌集『銀蓮』出版（新歌人社）	一月　グアム島で横井庄一元日本兵発見。五月　沖縄返還。九月　日中国交回復
昭和四十八年（一九七三）	六十六歳	七月　東京下落合の姪宅で静養 十月　金沢城北病院に入院	一月　ベトナム戦争終結。十月　第四次中東戦争でオイルショック
昭和四十九年（一九七四）	六十七歳	九月　石川県立高松病院に転院 十二月　『芦田高子選集』『白き魔』以降も加え四千首掲載出版（北国出版社）	三月　ルバング島で小野田寛郎少尉発見。十二月　田中角栄内閣総辞職、三木武夫内閣成立
昭和五十年（一九七五）	六十八歳	六月　「新歌人」主宰が高子から上川幸作氏に引き継がれる	七月　沖縄国際海洋博覧会開催。十一月　第一回先進国首脳会議フランスで開催

年代	年齢	略歴	社会情勢
昭和五十四年（一九七九）	七十一歳	三月十三日　石川県済生会病院で死去	六月　東京サミット開催。十月第三十五回衆院選で、第二次大平内閣成立
昭和五十五年（一九八〇）		九月　津山市丹後山に歌碑建立	
昭和五十七年（一九八二）		十一月　津山・作陽音大がオペラ「鳥語をあなたに」を上演（内灘闘争三十周年）	
昭和六十二年（一九八七）		十月　石川県羽咋市に歌標建立	
平成二十四年（二〇一二）		十一月　津山市勝北図書館で「芦田高子特集展」開催（内灘闘争六十周年）	
平成二十六年（二〇一四）		二月『内灘』復刻版出版（北国新聞社） 三月　津山市西下に歌碑建立	
令和四年（二〇二二）		十二月二十二日　内灘・着弾地観測所跡に歌碑建立（内灘闘争七十周年）	

参考文献

『芦田高子選集（短歌編）』（芦田高子選集刊行委員会上川幸作　１９７４年　北国出版社）
『歌集 内灘（新装版）』（芦田高子　２０１４年〈初版１９５４年〉北国新聞社）
『内灘闘争資料集』（内灘闘争資料集刊行委員会　編・刊　１９８５年）
『内灘町史』（１９８２年刊　内灘町教育委員会編）
『白き魔』（芦田高子〈新歌人叢書第25編〉１９７１年　北国出版社）
『出征‥小説他五編』（芦田高子　昭和14年　柳原書店）
『新歌人』（昭和36年12月号、昭和40年2月号、３月号　新歌人社）
『反戦平和の歌〜芦田高子「内灘」〜』（安田速正　２０１６年　株式会社パレード）
『くろしほの譜　北ぐにの歌人・芦田高子』（皆森禮子　１９８９年　樹芸書房）
『ふるさとが生んだ　情熱の歌人・芦田高子』（河本敦　２０１２年　コピー印刷）
『勝北町誌――町政施行30周年記念事業』（１９９１年　勝北町教育委員会編）
『供華の旅（北ぐにの向日葵　歌人・芦田高子）』（松永伍一　１９７７年　文化出版局）
『北陸新聞・昭和30年5月2日付朝刊』（金沢市議選確定投票数）
『内灘婦人』（五木寛之　１９７２年　新潮社）
『燃ゆる限り』（佐多稲子　１９５５年　筑摩書房）
『日本労働年鑑　第27集』（１９５５年版）

著者略歴

下山宏昭（しもやま・ひろあき）

1941年岡山県勝央町生まれ。法政大学卒。68年岡山放送創立時入社、放送記者、編成局長、取締役報道制作局長など経て05年退職。主な作品歴「泰緬鉄道五人の証言」「杜翁とバイブル～小西増太郎覚書」「赤い流浪～斎藤真一心の光景」など岡山の人物ドキュメンタリーを中心に100作品超制作。「涙で絵具を～愛の旅びと・夢二」「天平の王道～真備と清麻呂」の２本のドキュメンタリードラマ。退職後も「ふるさとのドラマシリーズ」や「ドキュメンタリー　核の記憶～89歳ディレクター最後の問い」など制作。著書に「叛華～古代吉備が滅んだ日（サンクス出版）」「岡山人じゃが①～⑰共著（吉備人出版）」「岡山県謎解き散歩　共著（新人物往来社文庫）」など。日本民間放送連盟賞優秀賞。FNNドキュメンタリー大賞優秀賞。ニューヨークフェスティバル銅賞など受賞歴多数。岡山市在住。

雑草《あらくさ》といえど……

―灼熱の歌人・芦田高子―

2023年７月７日　発行

著者　下山宏昭

発行　吉備人出版
〒700-0823 岡山市北区丸の内2丁目11-22
電話 086-235-3456　ファックス 086-234-3210
ウェブサイト www.kibito.co.jp
メール books@kibito.co.jp

印刷　株式会社三門印刷所

製本　株式会社岡山みどり製本

ISBN978-4-86069-711-2　C0095